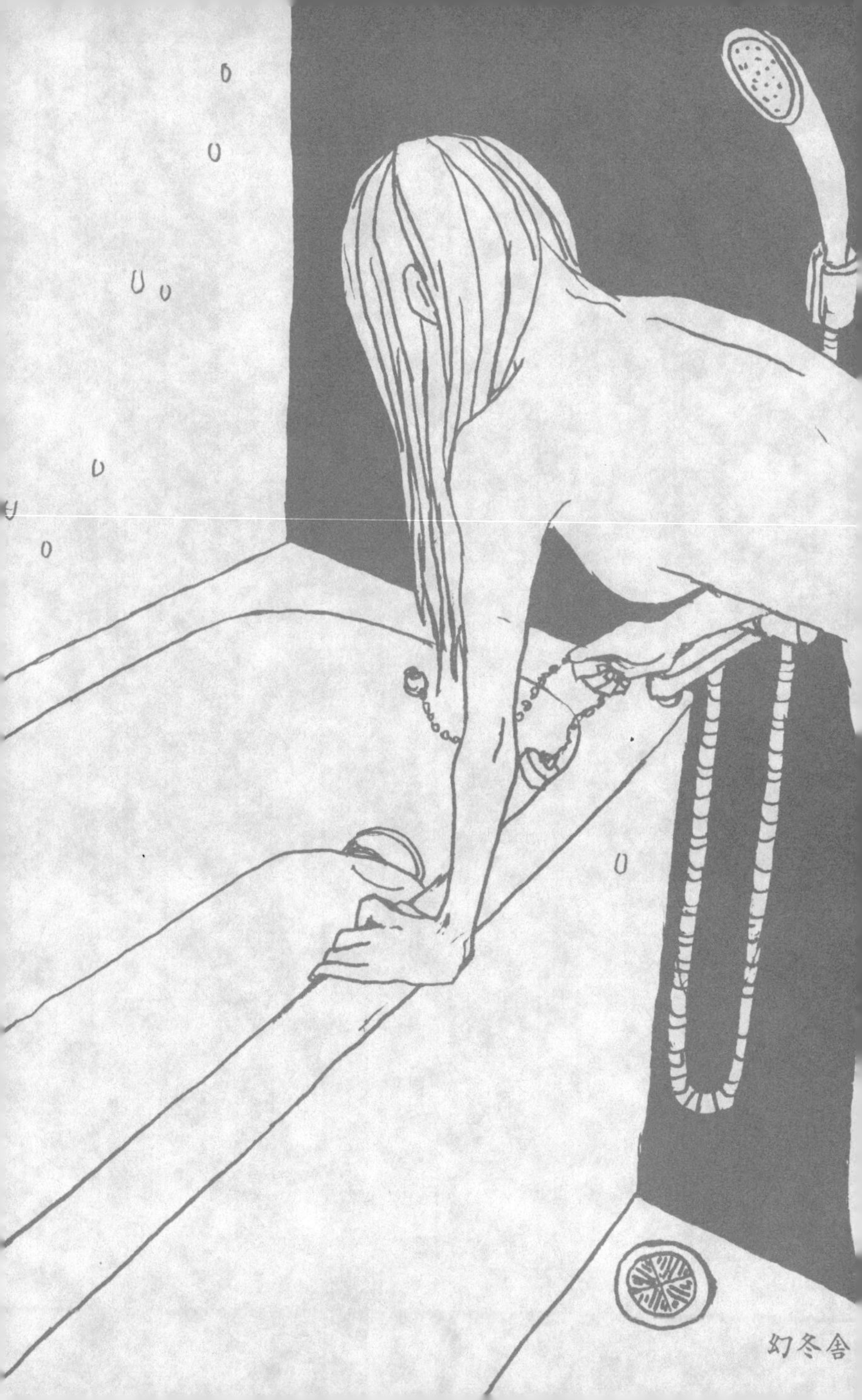
幻冬舎

はぶらし

近藤史恵

装幀　名久井直子
装画　スカイエマ

第一章

今年に入ってからの鈴音《すずね》は散々だった。

一年くらい関わってきた仕事の企画が中止になった。時間をかけて、いいものができたと喜んでいた脚本だった。鈴音のせいではないし、ほかにも同時進行していた仕事はあるから、食うに困るわけではないが、力を入れていた作品がもう日の目を見ないと宣告されることは、何度繰り返してもショックだ。

まだ四月なのに、三回も高熱を出す風邪を引いた。

とどめに、二年つきあってきた恋人の敏彦《としひこ》と別れてしまった。惚れっぽい方だから、失恋は呆れるくらいしてきたけど、三十六歳になってから、二年もつきあってきた彼と別れるのは、ダメージが大きい。

気がすむまでわあわあ泣いたあと、涙を拭《ぬぐ》って服を着替え、友達とカラオケに繰り出せた二十代の頃とはもう違うのだ。

大学からの友達の半分以上は、もう結婚していて、そのまた半分くらいに子供がいる。旦那や子供がいる友達を愚痴につきあわせるのも申し訳ないし、鈴音もなんだか惨めになる。だが結婚していない方の友達は、たいてい仕事が忙しくて、毎日深夜まで働いている。

自分では特に結婚願望などないと思っていた。だから、敏彦にも結婚についてなにかをほのめかすようなことはしたことがなかった。

だが、別れてみてはじめて気づく。

こんな年齢でつきあっているんだから、当然そのうち結婚するものだと思い込んでいた。その未来は当たり前のように、自分の手に転がり込んでくるもので、だからこそ、余裕たっぷりに振る舞っていられたのだ。

すごく欲しいわけではないのに、手に入ってしまった、と思うのは気分がいい。欲しくて欲しくてみっともなくじたばたしている人たちを、高みから見下ろしているような気分になれるから。

そういえば、自分は昔から見栄っ張りだった。

テストの前は猛勉強したくせに、友達にはいつも「昨夜《ゆうべ》は早く寝てしまって、教科書も開いてない」なんて嘘をついた。

クラス委員に推薦されたときは「絶対に嫌」と言いつつ、投票用紙には自分の名前を書いた。目を閉じて、みんなが自分に投票してくれるように祈った。

結局そのときは、推薦された三人のうち、いちばん投票数が少なかった。恥ずかしくて顔が熱くなって、何度も自分に言い聞かせたのだ。「クラス委員なんて大変なだけだし、別にやりたくなかったんだ」

敏彦のことも、「執着するほどいい男でもなかった」と自分に言い聞かせている。

だが、面倒なのは、この年になると、自分の心のからくりが、ある程度透けて見えてしまうことだ。

本当はクラス委員をやってみたかったし、敏彦と結婚もしたかった。ただ自分がそう思っていることを人に知られるのが嫌だっただけだ。

ただ、少なくとも仕事に関しては、その自意識を飼い慣らすことができていると思う。脚本家というのは、複雑な機械のたったひとつの歯車にすぎない。

同じシナリオ学校を出た同級生は、それに気づかず、「自分がやりたいこと」ばかりを声高に言っていた。鈴音は自分がやりたいことではなく、監督やプロデューサーの意向を活かすように、ひとつひとつ汲《く》み上げてきた。

その上見栄っ張りだから、後で恥を掻《か》かないように調べ物はちゃんとする。気に入らなかったら何度でも書き直し、それでも「さらりと書きました」みたいな顔をして、監督のところに持っていく。

脚本を書かせてもらうようになって三年目、関わった映画の脚本が大きな賞をもらった。

それからは、仕事が途切れずにずっとある。その後は賞とは無縁だけど、そこそこのヒット作や、コアなファンがついてロングランを続けた作品にも関わった。海外の映画祭に出展された作品もある。

　ほかのスタッフやスポンサーからの要請で譲歩させられた作品もあるけど、それでもできる限りはやってきたし、それなりのクオリティは維持してきたと自負している。

　仕事に関しては、なんとかうまくやれている。没を食らうことや、今回のように企画が中断することはあるけど、そんなのはこの業界、日常茶飯事だ。だが、問題は仕事以外なのだ。なにもかもうまくいく人生なんてない。そう自分に言い聞かせてみるけど、まわりを見渡してみると、鈴音よりも売れているのに、羨《うらや》ましいようなパートナーがいる人も多い。鈴音よりもきれいな人、人当たりがよくて愛されている人、みんな自分にないものばかり持っているようで、気持ちが沈んでくる。

　仕事がうまくいっているんだからいいじゃない、そうつぶやいてみることもあるし、ほかになにもいいことなんてないんだから仕事くらいうまくいかないとやってられない、そう思う日もある。

　その電話がかかってきたのは、そんな春先のことだった。

　携帯電話の液晶画面に表示されたのは、見慣れぬ電話番号だった。

不思議に思いながら電話に出る。普通に会社で働いている友人は「知らない電話番号には出ない」と言っていたが、こういう仕事をしていると、そうもいかない。知らない番号でも仕事の連絡かもしれないのだ。

「はい」

よそ行きの声で電話に出る。相手の声は聞こえてこない。戸惑っているような空気が電話越しにも感じられる。間違い電話かもしれない。

「あの……真壁《まかべ》さん？」

おずおずと名字を呼ばれて、戸惑う。たったひとことでも、仕事関連の電話でないことはわかった。脳がいろんな情報を処理している。

「はい、そうですが？」

声がぱっと明るくなる。

「よかった。わたし、古澤《ふるさわ》です。覚えてる？　古澤水絵《みずえ》」

「ふるさわ……？」

すぐには思い出せなかった。だが彼女は続けてこう言った。

「ほら、高校で一緒だった。合唱部の！」

「あ……ああ……？　水絵？　うそ、ひさしぶり！　元気？」

同じクラスではなかったが、同じ合唱部で三年間過ごした友達だった。

癖毛のせいでくるくるとあちこちに毛先が跳ねたショートカット、髪の毛の色も薄く柔らかそうで、ちょっと西洋人の子供みたいな雰囲気があった。

自分の、真っ黒で硬い直毛が大嫌いだった鈴音は、いつも彼女の髪を羨ましいと思っていた。

「鈴音は頑張ってるよね。いつも映画見てるよ。ブログも読んでる」

「え、本当、うれしいな」

ブログは、自己アピールのつもりで毎日更新している。芸能人や作家ほど名前が前面に出る仕事ではないけど、それなりに見にきてくれる人も多い。

「水絵はどう？　元気にしてるの？」

そう言いながら、記憶を掘り起こす。

たしか、結婚の知らせがハガキで届いていたような気がする。だが間違っていたら失礼なのではっきりとは言わない。

「今、なにしてるの？　十年ぶりくらいだよね」

「う……ん」

電話の向こうの声がまた曇る。

心の中で黄信号が点滅する。ただ、「懐かしくて電話をかけてきた」というだけではないような気がする。

だいたい、彼女はどうして鈴音の電話番号を知っているのだろうか。

鈴音は一年前に、携帯電話の番号を変えている。いたずら電話に辟易してのことだったが、そのときに新しい電話番号を知らせた人と知らせてない人がいる。

たしか、水絵には教えてなかったような気がする。最後に会ったのは十年も前で、それから年賀状をやりとりしたり、一、二度メールしたり、その程度の関係しか続いていなかった。

その後、鈴音が引っ越したり、年賀状自体を出さなくなったこともあり、ここ二年ほどはそれすら途絶えている。新しい携帯番号をわざわざ教えるような関係ではない。

「どうしたの?」

言外に「なんか用」という気持ちを匂わせて尋ねる。水絵は口籠《くちご》もった。

「ちょっと鈴音に相談したいことがあるの。でも、電話で話せるようなことじゃなくて……会えないかな」

黄信号は赤信号に変わる。鈴音は心でためいきをついた。

「ごめん、今すごく忙しいの。また落ち着いたらこっちから電話しようか?」

「忙しいのはわかってる。ごめんね。でも、急ぐの。鈴音は神楽坂に住んでいるんだよね」

「そうだけど?」

「今、JRの飯田橋駅前にいるの。今すぐちょっと話を聞いてもらえないかな」

「ちょ……ちょっと待ってよ」

時計に目をやる。すでに深夜十二時を過ぎている。

常識的に、今から出てきてほしいと言われるような時間ではない。第一、彼女が帰れなくなるではないか。

だが、一方で思う。水絵がなにか切羽詰まっているのはたしかだ。

お金のことか、それとももっと違う別の事情か。

「会いたい」と言われたときには、マルチ商法かセールスではないかと思った。これまでに何度もそんなことがあったからだ。

だがマルチ商法やセールスなら、深夜に近所まできて、「今すぐ会いたい」なんて言わない。断られないように、もっと自然に誘うはずだ。

多大な迷惑をかけられるのはごめんだが、もし彼女が困っていて、少しだけでも助けてあげられるのなら、助けてあげたい。

幸い、どうしても明日までにあげなくてはならない仕事もない。

「二十四時間営業のデニーズがあるの。じゃあ、そこで話そう」

そう言うと、彼女はふうっと大きなためいきをついた。

長時間張り詰めていた気持ちが、やっとほどけた。そんなような吐息だった。

「だけど、急ぎの仕事があるから一時間くらいだけね。悪いけど」

「ううん、うれしいよ、ありがとう」

あらかじめ釘を刺しておく。どうも雲行きがあやしいと感じたときに、時間を決めておけばそこで逃げられる。

「じゃあ、十五分くらいで行くからデニーズで待ってて」

「うん、急がなくてもいいから……」

通話を終了しようとしたとき、向こうの電話口で子供の声がした。

「おかあさん、おなか空《す》いた」

ぐずったような声がそう言った。

そのときは、ただこう思っただけだった。

水絵の近くに、うるさい子供連れがいるのだ、と。


着替えながら考える。

昔の友達から連絡をもらっても、素直にうれしいと思えなくなったのはいつからだろう。

最初は連絡がきて、「会いたい」と言ってもらえるだけでうれしかった。どんなに忙しくても時間を作って飛んでいった。

だが、そうやって弾む気持ちで出かけていっても、同じ気持ちで帰ってこられたことはそんなに多くない。

もちろん、会った瞬間に数年間の空白が消えて、昔のように楽しく盛り上がることもある。そんなときは心から会えてよかったと思う。

だが、ずっと会ってなかった友達が、いきなり「会いたい」と言ってくるのはそんなケースばかりではない。

多いのはマルチ商法。笑顔が顔に張り付いて、無駄に自信に満ちあふれた人になっていたら要注意だ。プラス思考がどうのとか、自分のアップには会社をいくつも持っていたり、ハワイに別荘を持っている人がいるとか、みんな同じような呪文をうにゃらうにゃらと言い連ねたあげくに、洗剤やお皿やダイエット食品を薦められる。

だいたい、ハワイに別荘ってそんなに羨ましいか、年二回くらいならハレクラニのスイートにでも泊まった方がよっぽど快適じゃないかと、ぷりぷり怒りながら帰宅することになるのだ。

大学のとき、憧れていた先輩に誘われたときも怖かった。ひさしぶりに会った先輩はビー玉のように目が無意味に澄んでいて、でもその奥が空っぽに見えた。

ポジティブな気持ちを持つための勉強会があると言われ、とっさにあやしいと思い、トイレに行くふりをして携帯電話で検索をした。ものの見事に、あやしい新興宗教だった。

急いで帰ろうとしたが、手を強く握られてなかなか帰してもらえなかった。

大学生のときの自分が、この先輩に手を握られたら、失神しそうなほど感動しただろうと思って、なんともいえないもの悲しい気持ちになったのだ。

あとはお金の無心、自分も脚本家になりたいから仕事を紹介してほしい、役者になりたいから監督に会わせてほしいという虫がいい頼みもある。

こういうとき、ひどく落ち込むのは、自分が踏み台のように扱われているからだ。もちろん同じ脚本家の仲間には、いいものを書くのに、運が悪くて今は仕事にあぶれている人がいる。プロデューサーから、「だれかいい人いない？」と聞かれると、真っ先にそういう人を紹介する。

だが、仕事を紹介してくれと言う昔の知人は違う。たいてい、よそではまったく仕事をしていないか、自主制作の映画の脚本を書いたというだけで、しかも箸《はし》にも棒にもかからないレベルだ。

読んでくれと言われて押しつけられた草稿が、素晴らしかったためしなどない。

感想を聞かせてほしいと言われたから、時間をかけて読んで、問題点を指摘しても、礼ひとつかえってこない。

彼らが望んでいるのは的確な批評ではなく、渡した原稿を鈴音が絶賛し、そのまま仕事がもらえるという展開なのだと何度目かに気づいた。

小学校のときの幼なじみに呼び出され、いきなり年収を聞かれたこともあった。

仲が良くて、いつも一緒にいた友達だったのに、どこかが壊れていた。お金の話ばかりをし続けて、最後に自分が今やっている投資に乗らないかと持ちかけてきた。南アフリカランドの投資ファンドで、資源はあるから、確実に儲《もう》けられると何度も繰り返した。

マンションを買ったばかりでお金がないからとはっきり断ると、彼女は煙草に火をつけてこう言った。

「忙しいんでしょ。早く帰れば?」

結局、彼女がどんな仕事をしているのか、結婚しているのか未婚なのか、どんなものに興味を持っていて、最近おもしろいと思ったのはどんなことだったのか、鈴音が知りたいと思っていたことは、なにひとつ話題に出なかった。

そんなことを繰り返されれば、警戒してしまう。

だから、水絵からの電話も、素直にうれしいとは思えなかった。頭の中で赤信号が点滅し続けている。

だが、「忙しいから」と切り捨てるのには、彼女の声はあまりにも切羽詰まっていた。単に洗剤を売りたいという話でないことはわかる。

一方で、もしあやしい話だったときは、さっさと逃げようとも考えている。跡をつけられて、家をつきとめられるのも怖いから、タクシーに乗って遠回りして帰ればいい。

幸い、家の近所は飲食店が多く、十二時を過ぎても賑やかだ。ファミリーレストランで怖い目に遭うことはないだろう。

デニーズの階段を上がり、ドアを開けた。

十年前の水絵の姿を思い出しながら、客席を見回す。すぐには見つからなかった。不思議に思いながらもう一度客席を探す。
六、七歳くらいの子供にパンケーキを食べさせている母親がいて眉をひそめた。子供を連れ歩くような時間ではない。
次の瞬間、その母親は顔をあげて目を輝かせた。

「鈴音！」

「水絵……？」

信じられなかった。たしかに水絵だ。

前会ったときより顔色が悪く、ちょっと老けた気がするが、ふわふわと毛先があちこち跳ねたショートヘアは変わらない。前から羨ましいと思っていた、色が白くて華奢《きやしや》なところもそのままだ。

隣の男の子は、不思議そうに鈴音を見上げながら、パンケーキを口の中に押し込んでいる。

「水絵……子供連れなんて言わなかったじゃない」

「バーとかを指定されたら、言おうと思ったんだけど……」

鈴音は戸惑ったまま少年を見下ろした。

正直なところ、子供はあまり好きではない。いや、嫌いだというより、どう接していいのかわからないのだ。

「水絵の子供……だよね？」

そう言うと彼女は笑った。

「当たり前じゃない。よその子をこんな時間に連れ歩いてたら誘拐でしょ？」

「そうだよね……」

ぎこちなく笑って鈴音も向かいに座る。やってきた同い年くらいのウエイトレスにコーヒーを注文した。

子供は口のまわりをべたべたにしながらパンケーキを食べている。

「名前、なんて言うの？」

「耕太《こうた》、七歳になったばかり」

鈴音はにっこりと笑顔を作って、耕太に笑いかけた。

「耕太くん、こんばんは」

彼は大きな目を見開いて、鈴音を見たが、なにも言わなかった。水絵が小突く。

「ほら、耕太、こんばんはは？」

「……こんばんは」

蚊の鳴くような小さな声で少年はつぶやいた。

「ごめんね、恥ずかしがりで。男の子なのに」

水絵のことばに、鈴音は笑った。

「騒がしいよりずっといいわよ」

それはお世辞や気休めではない。水絵の子供が騒がしく走り回り、ひとときもじっとしていないような子でないことに、鈴音は安心していた。

コーヒーがきて、水絵のコーヒーにもお代わりが注がれる。

ウエイトレスが去るのを待って、鈴音は尋ねた。

「ねえ、いったいどうしたの……？」

水絵は唇をきゅっと引き結んだ。それだけで、話しにくいことだとわかる。

だが、聞かなければなにもしてあげられない。

「長くなるけどいい？」

鈴音は頷いた。会ってしまえば、昔の記憶が甦って、あまり冷淡には振る舞えなくなる。

「半年前、リストラされたの」

水絵は下を向いてそう言った。

意外な発言ではなかった。なんとなくそんな話ではないかという予感はしていた。

「それから新しい仕事を探しているんだけど、全然見つからないの。子供がいると聞くと、それだけで断られるところも多いし……」

「ちょっと待って」

　思わず話に割り込む。

「なあに？」

「旦那さんはどうしたの？」

「二年前に別れたの。最初のうちは近くにいる叔母が耕太を預かってくれていたんだけど、彼女も体調を崩してしまって……今入院しているわ」

　悪いことは重なるものだ。鈴音は身を乗り出した。

「それで？」

「結婚しているときは子育てに専念してたし、離婚のときもらったわずかな慰謝料も、引っ越して新しい生活をはじめるのに使ってしまって、ほとんど残らなかった。新しく働きはじめたところも、そんなにお給料がいいわけではないから、家賃と生活費でいっぱいいっぱいだった」

　話が見えてくる。同時に鈴音は心の中で、算段をはじめた。

　いくらくらい貸せば義理が立つだろうか。もちろん、ある程度の貯金はある。マンションのローンを返済している最中だからそう多くはないが、不規則な仕事だし、一年くらい収入が途絶えても生活していける分は口座に残している。

　だが、それをすべて貸すわけにはいかない。

水絵とは昔は仲が良かったけど、それでももう十年会っていないのだ。お金の貸し借りをするほどの関係ではない。一銭も貸さなくても、冷たいとは言われないだろう。

それでも、彼女が本気で困っているのはわかる。助けられるものなら、助けてあげたい。

昔、鈴音の父親が言っていた。

「人に金を貸すのなら、帰ってこなくてもいいと思える金額を貸しなさい」

帰ってこなくてもいいと思えるのはいくらくらいだろう。二、三万か。しかしその程度では今の彼女にとって焼け石に水だろう。

水絵は話を続けている。

今は、父親に借金があって、その父の死後、相続放棄をしたという部分に差し掛かっている。葬式やなにやらで、またお金がかかったという。

鈴音は心の中で電卓を叩く。

——十万円……かな。

それだけ貸せば一息つけるだろうし、水絵との関係を考えれば充分助けてあげたと言えるはずだ。十万円稼ぐのにどれだけ書かなければならないかとか、近々新しいパソコンを買おうと思っていたことなどが頭をよぎったが、それは考えないようにした。

十万円貸しても、鈴音が生活に困るわけではないのだ。

そう決めれば気持ちが楽になった。

水絵の話はまだ続いていた。

家賃が払えずにアパートを出ることになってしまったこと、家具や昔買ったブランドものの鞄などをリサイクルショップに売って当座の金を作り、ウィークリーマンションに滞在しているが、アパートよりも家賃がかかるために困っていること。話はどんどん核心に近づいてきている。

思わず尋ねた。

「ねえ、前の旦那さんに助けてもらえないの？　養育費とかは？」

水絵は視線を膝に落とした。

「夫からは暴力を受けていたの」

鈴音は息を呑んだ。

「だから……もう関わりたくないの。会いたくないの」

たしかに、そういう理由で離婚したなら、夫には頼れない。

水絵は鈴音の顔をまっすぐ見た。

「ねえ……しばらく会ってないのにこんなこと言って、本当に申し訳ないんだけど、助けてほしいの」

とうとうきた。水絵の緊張が伝わってくるようで、鈴音まで真剣な顔になってしまう。

「それは……わたしにできることなら……」

そして、鈴音にできることといったらお金を貸すことくらいだろう。仕事先を紹介するのも難しそうだ。映画業界は時間が不規則で、子育てしながらできるような仕事はない。

水絵は大きくまばたきをしてから、言った。

「一週間でいいの。鈴音の家に泊めてほしいの」

「え？」

考えていたのと違うことを言われて、鈴音は思わず聞き返した。

「うちに？」

水絵は頷いた。答えを待つ間、息を止めて鈴音の顔を見る。

「それは……ちょっと……」

友達とはいえ、しばらく会ってない人を部屋にあげるのは抵抗がある。

「駄目？」

「ううん……」

鈴音のマンションは2LDKだから、散らかっていることに目をつぶればふたりくらいは泊めてあげられる。仕事場は別に借りているから仕事に差し障ることはないし、最悪、鈴音が仕事場で寝ることもできる。仮眠のためのソファベッドを置いているのだ。

一応言ってみた。

「あのさ、少ないけど十万円くらい貸そうか？　それだけあったら一週間くらいウィークリーマンションか、ビジネスホテル借りられない？」

水絵は首を横に振った。

「ウィークリーマンションじゃ、仕事が探せないの。決まった住所がないと……」

はっと気づく。たしかに履歴書の住所がウィークリーマンションやビジネスホテルでは採用される見込みはゼロに近い。

あらためて気づいた。この社会は一度転んでしまった人にはとことん冷たい。落ちる人は落ちていくしかないとでもいうように。

耕太はパンケーキを食べ終えて、大きな目で鈴音を見ている。年の割には落ち着いていて、分別くさい顔をしているのは、自分の置かれた状況を理解しているからかもしれない。

水絵は重ねて言った。

「ねえ、お願い。うっとうしくなったら出て行くから、少しの間だけでいいの。その間、食事の準備や掃除なんかはわたしがやるから」

鈴音は少し考え込んだ。そして尋ねる。

「ねえ、一週間で仕事が見つかるかどうかわからないわよね。そしたらどうするの？」

「ほかの友達のところに行く。だから心配しないで」

一週間。たった一週間だ。

たしかに食事を作ってくれたり、掃除をしてくれたりするのは助かる。鈴音は料理が苦手で、外食やコンビニ弁当ばかりを食べている。

もし、苦痛に感じるようならば仕事場に泊まればいい。そう思えば急に気が楽になった。

どっちにしてもたった一週間なのだ。

ただ、かすかに心の奥で妙なざわめきがあった。

澄んだ水槽の底が、ほんの少し濁っているようなそんな感覚。

水絵は頭を下げていった。

「迷惑はかけないようにするから。ねえ、お願いします」

耕太はそんな母親と鈴音を交互に見ていた。

もし、これで断れば、耕太の目に自分はどんなふうに映るだろう。そう思った瞬間、鈴音は言っていた。

「わかったわ。じゃあうちにおいでよ」

水槽の底がまた揺れて濁った気がした。


「遠慮せずにくつろいでね」

鈴音のことばに、水絵はぺこりと頭を下げた。

「ごめんなさい。本当に助かります」

水絵の荷物は、ナイロン製の大きなボストンバッグとスーツが入っているガーメントバッグ、そのふたつだけだった。

「それだけ？　ウィークリーマンションに置いてる？」

そう尋ねると、水絵は首を横に振った。

「ううん、これだけ」

ボストンバッグは、プルメリアやハイビスカスが咲き乱れた柄のもので、あきらかにハワイ土産だということがわかる。スーツケースで行って、向こうで買い物をしすぎてスーツケースがいっぱいになったから買い足した。そんな感じだ。

そう古いものでもない。つまりは数年前までは、彼女もハワイに行って買い物をするくらいの余裕はあったということだ。

なのに、今彼女の荷物は、このボストンバッグに詰まってしまっている。しかも彼女だけの荷物ではない。耕太のものもたくさん入っているだろう。

そう思うと、ひどく切なかった。

鈴音が二年前に引っ越したときは、荷物を二トントラックで運ばなくてはならなかった。もちろん、ほとんどは仕事に使う資料で、服は普通の三十代女性程度にしか持っていない。ルイ・ヴィトンとボッテガ・ヴェネタのバッグだって、ふたつを大切に使い回している。そんなに贅沢三昧《ぜいたくざんまい》をしているつもりはない。

だが、ボストンバッグに収まるだけのものしか持っていない水絵に比べると、自分が恵まれていることがよくわかる。

彼女がハワイに行っていたのは、いつ頃だろう、などと考えてしまう。

新婚旅行か、それとも結婚していたときか、離婚してからもしばらくはそのくらいの余裕はあったのか。

どちらにせよ、落ちはじめれば、家を失って友達を頼るしかないところまで、一直線なのだ。

他人事《ひとごと》とは思えなかった。

どんな仕事をしていたのかまでは聞いていないが、会社勤めをしていた水絵よりも鈴音の仕事の方が圧倒的に不安定だ。おまけに結婚もしていない。足下がぐらつきはじめれば、あっという間に自分も同じようなことになってしまうだろう。

暗い考えを心の隅に追いやって、鈴音は水絵に笑いかけた。

「お風呂、お湯張ろうか。ウィークリーマンションだったら、ユニットバスでしょう。うちのお風呂、広いからくつろいで入って」

言ってから、少し自慢っぽく聞こえただろうかと不安になる。

「うん、でももう遅いからシャワーでいいわ。耕太を寝かせないといけないし」

たしかに、隣に座っている耕太の瞼《まぶた》は、錘《おもり》でも入っているかのように重そうだ。

「じゃ、シャワー使って。バスタオルとタオル、今出すわ。ほかになにか、必要はものはあるかしら」

「あの……」

水絵は言いにくそうに口を開いた。

「コンビニ寄ってくればよかったんだけど……歯ブラシあるかしら」

「歯ブラシ？　えーと、たぶん」

予備の買い置きはしてあるはずだ。

「ごめん、貸してもらえないかな、わたしのと耕太の分と。明日、コンビニ行って買ってきて返すから」

「いいわよ、歯ブラシくらい」

洗面台の引き出しを探すと、ちょうど白と青の歯ブラシが出てきた。それを渡すと、水絵はひどく申し訳なさそうに受け取った。

「なんか……本当にごめんなさい。明日新しいの買ってくるわ」

「だから気にしなくていいって」

鈴音は歯ブラシとタオルを水絵に持たせると、バスルームに案内した。

「寝るのにTシャツとかいる？　貸すわよ」

「ありがとう。でも、今日はコインランドリーに行って洗濯してきたから大丈夫。また貸してほしいときにお願いしていい？」

「もちろんよ」

もともと、どちらかというと面倒見はいい方だ。気乗りはしなかったが、困っている様子の水絵を見ていると、放ってはおけない。

「ゆっくり入ってね」

それから、急いで寝室へと移動する。

クローゼットから、当座の服や下着、ナイティなどを持って、もうひとつの部屋に移動させる。それからシーツや枕カバーを洗濯済みのものと替えた。

水絵たちには、この寝室を使ってもらうつもりだった。

ベッドはダブルだから、耕太と一緒に寝られるだろう。

自分はもうひとつの部屋に、客用布団を敷いて眠るつもりだった。

本当を言うと寝室のベッドの方がずっと寝心地はいいし、慣れている。両親が上京してきたときなどは、鈴音が寝室で寝て、両親に布団で寝てもらうことにしている。

だが、通帳や印鑑など、大切なものは、寝室ではなくもう片方の部屋に置いているのだ。なんの準備もなく、水絵たちをその部屋に寝かせるのは抵抗があった。寝室には洋服や鞄と、少しの本しか置いていない。

疲れていたのだろう。水絵たちはすぐ、シャワーを浴び終えて、バスルームから出てきた。

ドライヤーを貸すと、水絵はまず耕太の髪を乾かしはじめた。

耕太はもう、眠気が限界を超えてしまったのだろう。髪を乾かしてもらいながら、うとうとしはじめる。

「わたしはこっち側の部屋で寝るから、寝室使ってね」

そう言うと、水絵は驚いた顔になった。

「そんな……申し訳ないわ。リビングのソファでも貸してもらえればそれでいいから……」

「わたし、宵っ張りなの。音楽聴いたり、ＤＶＤ見たりするから、寝室使ってくれた方がありがたいわ」

それは嘘ではない。

もう片方の部屋はリビングに連なっているが、寝室は玄関脇に位置していて、少し離れている。そういう意味でも、彼女らには寝室を使ってもらった方が、鈴音の不自由は少ない。

快適な睡眠を追及してお金をかけたベッドを譲るのなんて、些細なことだ。

「本当にごめんなさい……」

「やだ、もういいわよ」

さっきは、強引と言ってもいいほどだったのに、鈴音の部屋にきてからの水絵はやたらに謝ってばかりだ。

たぶん、さっきは必死だったのだろう。もし、鈴音が拒めば、水絵はあれから耕太を連れて、泊まる場所を探さなければならない。落ち着いてしまえば、自分の行動を振り返る余裕も出てくる。

鈴音は、水絵と耕太を寝室に案内した。

「ゆっくり休んでね。あと喉が渇いたら、冷蔵庫にミネラルウォーターが入っているから、飲んでね」

「ありがとう。助かるわ」

「朝は何時に起きる？」

そう尋ねると、水絵は少し考え込んだ。

「ハローワークに行きたいから……八時くらいかしら」

普段、鈴音が起きるのはもっと遅い。ゴミを出す日は仕方がないから、九時には起きるが、それ以外の日は十時過ぎまで眠っている。遅くまで働いた翌日は、昼過ぎまで寝ていることもある。

だが、まあいい。自分の生活習慣に合わせてもらう必要はないだろう。

たった一週間だ。その間は、早寝早起きを心がけてもいい。

「わかったわ。じゃあ、お休み」

「おやすみなさい」

寝室のドアが閉まると、鈴音はリビングに戻った。

ファックス台の引き出しから通帳を取り出し、もうひとつの部屋の机に隠してある印鑑と一緒に、普段持ち歩いているバッグの中に入れた。普段、急に必要になったときのためにと、十万くらいの現金は家に置くようにしているのだが、それも財布にしまう。水絵が家にいる間、貴重品はすべて仕事場に移すつもりだった。

別に、水絵のことを信用してないわけではない。彼女が盗むと決めつけるつもりもない。もし、外から泥棒が入ったときでも、水絵を疑わなくてはならなくなるのは嫌だからだ。

いや、水絵のことをまったく警戒していないというわけでもないのだ。

彼女とは、十年会っていない。その間になにがあったかはわからない。トラブルがあってから泣くのは嫌だ。

そのバッグは、自分の枕元に置くことにした。

水絵たちは寝てしまったのだろうか。寝室からは物音すら聞こえない。

それでも、普段鈴音しかいない家には、いつもと違う人の気配が感じられる。

それは、少しくすぐったくてあったかい気配だった。

本当は、朝早く起きられるかどうか不安だった。

携帯電話のアラームをセットして、枕元に置いたほどだ。だが、心配することはなにもなかった。

七時半くらいから、洗面台を使う音や、かすかな喋り声が聞こえてきて、目が覚めてしまった。もともと眠りは浅い方だし、家に他人がいるという状況には慣れていない。

元彼の敏彦は、いつも鈴音よりも起きるのが遅かった。

慣れない布団から起き上がると、腰が少し痛い。柔らかい布団で眠るのが苦手だったことを、今さらながら思い出す。

リビングからはテレビの音が聞こえてくる。音量は絞っているが、聞き取れないほど小さな音が続いているのは、かえって不愉快だ。

——一週間だけだから……。

自分にそう言い聞かせて、枕元に置いた服を引き寄せる。

Tシャツとジーパンに着替えて、リビングに繋がるドアを開けた。

「おはよう」

リビングのソファに座っていた水絵と耕太が顔をあげた。

「ごめんなさい。起こしちゃったかな」

「ううん、もうそろそろ起きようと思っていたから」

他人と一緒にいるということは、些細な嘘を積み重ねることだ、とあらためて思う。

両親や恋人だったら、「こんなに早くからテレビなんてつけないで」と言うこともできるのに、水絵たちにはそれが言えない。

立場的には、自分が水絵に気を遣わなくてはならない理由はない。だが、水絵がひどく恐縮していることがわかるからこそ、思っていることが気軽に口にできないのだ。

テレビがうるさいと言えば、水絵はすぐにテレビを消して、二度と自分からつけないかもしれない。

薄型テレビの画面には、見たことのないアニメが映し出されている。耕太はそれを食い入るように見ていた。

「ごめんね。耕太が、この番組を見たいって言うから」

「うん、いいわよ」

キッチンに立ち、コーヒー豆のキャニスターを開けて、ミルに入れる。

「コーヒー飲む？」

「いただきます」

電動ミルを回して、ふたり分のコーヒー豆を挽《ひ》く。音が珍しかったのか、耕太が目を丸くして振り返った。

挽き立ての豆をコーヒーメーカーにセットしていると、言いにくそうに水絵が口を開いた。

「あの……朝ごはんに、パンかなにかある？」

気がつかなかった。鈴音はいつも、朝はコーヒーしか飲まない。

「ごめんなさい、パンはないわ。カップラーメンとかならあるけど」

「悪いと思ったけど、さっき、冷蔵庫の中、見せてもらったの。牛乳かなにかあればいいなと思って。なんにもなくてびっくりした」

冷蔵庫の中には、たぶんビールとおつまみのチーズくらいしか入ってない。あとはマヨネーズやドレッシングなどの調味料だけだ。

「卵くらいはあるかなと思ったんだけど」

まるで言外に責められているようだ。

「外食が多いから、ほとんど自炊しないの。ひとりだと、材料費もけっこうかかるし」

卵だって近所のスーパーで売っているものは、少なくても六個入りだ。ひとりで朝食を食べる習慣がないと、なかなか減らない。

鈴音は、テーブルに置いてあるブロックメモを一枚剝《は》がした。そこに、いちばん近いコンビニまでの地図を書く。

「よかったら、なんか買ってきたら？　すぐ近くにコンビニあるから」

水絵はそのメモを受け取ったが、あまり気乗りしない様子で紙を弄《いじ》っている。

「うん……あとで行くわ」

コーヒーをマグカップに注いで、片方を水絵に渡す。

「ごめん、砂糖はあるけど、ミルクはないの」

水絵はひどく飲みにくそうに、ブラックのコーヒーを口にした。

その仕草だけで、普段はミルクを入れていることがわかる。

仕事場では、打ち合わせもするから来客用のコーヒーフレッシュを置いてある。だが、自宅ではそんなことを考えたことはなかった。

友達がくるときには、前もって買っておくが、昨日はあまりにも急だった。自分が悪いわけではないと思う。

耕太が見ているアニメは、いつの間にかエンディングになっている。

聞いたことのない、間の抜けた曲がテレビから流れてくる。まるで自分の家じゃないみたいだ、と鈴音は思った。

ひどく気詰まりだ。このまま家にいても、楽しい時間が過ごせるわけではないし、さっさと仕事場に行ってしまった方が有意義かもしれない。

そう思っていると、水絵がマグカップを置いた。

「あの、ここの住所と電話番号、教えてもらっていい？　履歴書に仮住所として書きたいから……」

「あ、うん」

もう一枚メモを剝がして、そこに住所と電話番号を書く。

「ありがとう」

彼女はそれを受け取ると、財布の中にしまった。

「今日はハローワークに行くんだよね」

「うん、そうする。なんとか、早いうちに仕事探してなんとかしないと……とりあえず、条件の善し悪しは後回しで、今週中に雇ってくれるところを探すつもり」

たしかに、今の彼女の状態では仕事を選んでいられる余裕はない。身内や親友ならば、「ここにいて、ゆっくり探せばいい」と言ってあげてもいいけど、水絵にそこまでしてあげる義理はない。

「転職なら、落ち着いてからでもできるよ」

そう言うと、水絵は二、三度まばたきをした。

気になっていたことを尋ねる。

「ねえ、耕太くんはどうするの？」

子供をひとりで家に置いておくのは心配だ。

「渋谷にマザーズハローワークというのがあるの。子供を遊ばせておくスペースもあるから、それは心配ないわ」

それを聞いてほっとする。子供のいる女性の再就職は難しいという話をよく聞くけど、少しは状況も変わりつつあるのかもしれない。

「帰りは何時くらいになる？」

「すぐにでも面接受けられるようなところがあれば受けたいから、よくわからないけど、でも、そんなに遅くはならないと思う。六時か七時には帰っていると思うわ」

今日は友人であるイラストレーターの米澤茉莉花《よねざわまりか》と、夕食を一緒にとる約束をしている。茉莉花は酒豪だから、そのあともお酒を飲むことになるだろう。

鈴音は、ファックス台の引き出しから合い鍵を出した。敏彦に渡していたもので、透明なハートのキーホルダーがついている。それを見ると、ちくりと胸が痛んだが、もう過ぎたことだ。

合い鍵を水絵に渡す。

「わたしはたぶん、遅くなるわ。キッチンは勝手に使ってくれていいから。あんまり料理の道具は揃ってないけど、鍋もフライパンも最低限はあるわ」

「ありがとう。本当に助かる」

「あと、なにか聞きたいことはある?」

「お風呂の沸かし方、教えてくれる?」

新しいマンションだから給湯器もリモコンで操作するようになっている。鈴音はその使い方を水絵に説明した。ついでに予備のタオルのある引き出しも教える。

「好きなように使ってくれていいから」

「どうもありがとう」

何度も繰り返される、礼と詫びのことば。それでも、漂う空気からは少しずつぎこちなさは消えていく。

時計はいつの間にか九時を指していた。

「そろそろわたし、出かけるわ」

水絵はそう言って、鞄を手にした。

「なにも食べなくていいの？」

「途中で、マクドナルドにでも寄る。耕太が好きだから」

耕太は大人びた仕草で、テレビをリモコンで消すと、ソファから飛び降りた。

まるで鈴音たちの会話を聞いていたようだ、と思う。

たぶん、聞いていたのだろう。子供は大人が思う以上に、自分の立場を考えている。

鈴音は、身体をかがめて耕太の頭を撫でた。

「いってらっしゃい。お母さんに心配かけないようにね」

耕太は照れたように笑うと、水絵の後ろに身体を隠した。


ワインバーで、チーズを齧《かじ》りながら、鈴音は昨夜からの出来事を茉莉花に話していた。

「ま、非常識っちゃ非常識だけど、気持ちはわからなくもないわよね。最近、そういう話、よく聞くもん」

「仕事がなくなったって話？」

「そ、リストラの話は前からときどき聞くけど、最近では悲惨な話がよけいに多いっていうか……」

「ふうん」

運がいいのか、鈴音のまわりでは、そこまで悲惨な目に遭った人はいない。友達の友達が、という遠い話で聞くだけだ。

「日本ってさ、まあ前ほどお金持ちじゃないと思うけど、そんなに悪い国じゃないと思うでしょ」

「だって、そうでしょう」

旅行で東南アジアの地方などを訪れると、あまりの生活環境の違いに驚くことが多い。

茉莉花は枝付きレーズンを外しながら話し続ける。

「でも、母子家庭の貧困率って、日本は先進国でワースト一位なんだって」

「本当？」

それは驚く。だが、たしかに子供を育てながら働くための環境は、まったく整っていない。保育所の空きも少ない上に、お迎えが五時や六時という話はよく聞く。

フルタイムの仕事をしながら、六時に迎えに行ける人はそれほど多くはないだろう。

茉莉花には漫画家の夫がいて子供はいない。

家事などは、互いに分担しながらうまくやっているようだ。結婚はしていても、束縛はされないらしく、旅行にもひとりでふらりと行くし、羨ましいような関係だ。

「でも、学生時代の友達って、なんか不思議」

グラスワインのお代わりを頼んでから、茉莉花はそうつぶやいた。

「え?」

「だってさあ、二十年前は同じ位置にいたのに、いつの間にか全然違うところにいるの。同窓会に顔を出すと、本当にびっくりする」

「たしかに……」

優等生で、みんなをぐいぐい引っ張っていた魅力的な女の子が、ひどく所帯じみたおばさんになっていたり、地味でダサいと思っていた子が、驚くほどきれいになっていたりする。

盛り上がれば、会わなかった時間なんてどこかに行ってしまったような気がするけど、我に返るたびに、時間はいつも背中に重くのしかかる。

鈴音だって、頬にたるみは出てきたし、シミも探せばいくらでも見つかる。老けたなあと思われているはずだ。

仕事を羨ましがられることはあるけど、自分ではそんなに恵まれているとは思わない。

徹夜を繰り返して、思うように進まない筆に苛々《いらいら》していると、同じマンションに住むきれいな奥さんたちのことが羨ましくてたまらなくなる。

主婦だって大変な仕事だとは思うけれど、少なくともやった仕事をすべて没にされることはないだろう。

「わたしはさ、自分が少なくとも前よりもよくなってると考えている。そう思えることって、運がいいと思わない？」

茉莉花のことばに、鈴音は同意した。

「そうだね」

自分は茉莉花ほど前向きには考えられない。

恋人とは別れてしまったし、次の恋人が見つかりそうな様子もない。この先、もっとよくなっていく保証もない。

だが、少なくとも、それはただの不安で、今自分の生活が脅《おびや》かされているわけではない。

「まあ、その子だけならともかく、子供は可哀相だよね」

「そうなのよ」

鈴音は大きく頷いた。

水絵がひとりだったら、もしかすると鈴音も部屋に泊めるのを断ったかもしれない。だが、耕太のことを考えるとどうしても放ってはおけなかった。

子供が特に好きなわけではないが、それでも真夜中に子供を連れた人を突き放す気にはなれなかったのだ。

「それでもあんまり図々しいようだったら、出て行ってもらえばいいと思うよ。鈴音ちゃんには泊める義理はないんだし」

「う……ん」

昨夜、うちにきてから今日にかけての様子を見ると、さほど図々しいという感じはしない。ファミレスで、あんなに強引だったのは、やはり切羽詰まっていたからだろう。

だが、心の中にかすかな問いが生まれる。

自分は、彼女に出て行けと言えるのだろうか。

自分が見栄っ張りで、世話焼きだという自覚ははっきりある。いい加減、水絵のことがうっとうしくなったとしても、約束の一週間が終わるまでは、出て行けなどとは言えない気がする。

いや、もし一週間が過ぎ、彼女がもう少し長く泊めてくれと言ったとしたら、鈴音は断ることができるのだろうか。

——なんとしても断らなきゃ……。

仕事ではちゃんと言いたいことが言えるのだ。気が弱いわけではない。

ただ、つい見栄を張ってしまうだけのことだ。

自宅に帰ったのは、十二時過ぎだった。

水絵はソファに座って、本を読んでいた。

「お帰りなさい。ごめん、退屈だったからミステリ借りてる」

「いいわよ、別に」

彼女が持っているのは、リビングの本棚に入れておいた新刊本だった。鈴音はまだ読んでいないが、今すぐ読みたいわけではない。

「この作家、大好きなの。新刊読みたかったんだけど、こんな状況では買えなくって……」

分厚い本だから、たしか二千円以上した。水絵の状況では、ハードカバーの新刊を買うことを躊躇《ちゅうちょ》するのも無理はない。

「でも、鈴音もこの作家、好きだったんだね。なんかうれしい」

鈴音は、曖昧《あいまい》な笑みを浮かべた。

別に特に好きな作家ではない。人気はあるらしいが、文章は平淡だし、技巧ばかりが鼻についてあまり好きになれない。職業柄、話題作には手を出すようにしているだけだ。

「耕太くんは？」

「うん、昨日遅かったし、もう寝かせた」

洗面所でメイクを拭き取り、コンタクトを外しながら尋ねる。

「ハローワーク、どうだった？」

「うん、一件、紹介してもらえたから、明日面接に行くの」

「よかったじゃない」

「雇ってもらえれば、そう言いきれるんだけど」

苦々しい口調で気づいた。たぶん、水絵はもう何度も同じことを繰り返している。

求人を紹介してもらい、面接に行き、そして落とされる。

鈴音はあえて、明るい声を出した。一緒に落ち込んでいても仕方がない。

「次は大丈夫かもしれないでしょ。頑張って」

ビールを一本だけ飲もうと、冷蔵庫を開けて少し驚いた。

貧弱だった冷蔵庫の中身が、急に豪華になっている。牛乳や卵、ハムやバターなど、買った覚えのないものがたくさん入っていた。

水絵が買ってきたのだろう。野菜室にはレタスやトマトなどがある。卵などは鈴音が買ったことのない十個入りだ。

「こんなにたくさん買って、一週間で食べきれる？」

そう尋ねると、水絵は驚いた顔になった。

「そんなに買ってないわよ」

「だって、十個入りの卵なんて……」

「鈴音が食べなくても、わたしと耕太で毎朝一個ずつ食べれば、五日でなくなるでしょ」

たしかにそう言われてみればそうだ。

料理をする、しない、の違いもあるが、ひとりで生きる鈴音と、耕太を連れた水絵ではまったく感覚が違うのだと、痛感する。

「ああ、そう、これ、どうもありがとう」

洗面所に入っていった水絵が、戻ってきた。

手に二本の歯ブラシを持っている。それを鈴音に差し出した。

「新しいの買ってきたの。だからこれ、どうもありがとう」

「え……?」

鈴音は戸惑いながら、水絵の顔を見た。

その歯ブラシは、昨夜、鈴音が水絵に貸したものだった。耕太の分と二本、白と青の歯ブラシ。

昨日、ふたりが使った歯ブラシだ。返すと言われたときは、新しいものを買って返してもらえると思っていた。

たった一度でも、他人の使った歯ブラシを使えるはずはない。

「えっと……それを返されても……」

「え、どうして?」

水絵はきょとんとした顔をしている。自分の行動がおかしいとはまったく考えていない表情だった。

昨日から、水絵はずっと控えめだった。

だから、ただ図々しいから、こんなことをしているわけではない。本当に図々しければ、なにも返す必要はないのだ。

たった歯ブラシ二本、別に新しいものを買って返してもらえなくても、鈴音は気にしない。

おそるおそる聞いてみた。

「買った新しいのは?」

「え?　さっき使ったわ」

そう言われて返す言葉もない。

たった歯ブラシ二本だ。腹を立てるのも大人げない。

そう考えながら、鈴音はなんともいえない不快さを覚えていた。

まるで背中を小さな虫が這《は》っているような、そんなむずがゆい感覚だった。

第二章

失敗したからって自分自身の存在まで否定されたわけではない。

自分の意見が通らなかったのは、スポンサーやお金のせいかもしれないし、単に決定権のある人たちと意見が違っただけかもしれない。

恋人と別れたのは、単にその恋人との相性がよくなかっただけだ。会社や友達だってそうだ。ひとつの関係が駄目になったからといって、自分自身を百パーセント否定することなどない。

たぶん、そんなようなことを鈴音は一度書いた。

映画のシナリオだったのか、それとも別の仕事だったのかは忘れた。シナリオだとしたらたぶん没にされたか、カットされたシーンだったのだろう。使われた台詞《せりふ》ならば俳優の声や場面が目に浮かぶ。

嘘だとは思っていない。だがおおざっぱなことばだ、と思う。

人は他人を、やり遂げたことで評価する。立派なことをたくさん成し遂げた人は褒め称えるし、たくさんの人に愛されている人は、それだけでいい人だと思う。

それは間違いなく人としての価値だ。それを否定する人はいないだろう。

だったら、愛してくれる人をひとり失えば、自分の価値は下がるのではないだろうか。

そう言えば、多くの人は「そんな馬鹿な」と笑うはずだ。

もちろん、鈴音だって本気でそう考えているわけではない。でも心のどこかに引っかかっている。どこで線引きをするのだろう、と。

もしこの先、誰にも愛されずに、仕事もうまくいかなくなって、お金も失い、ホームレスのように町をさまようことになったとしたら、それでも自分に今と同じ価値があるとは思えないはずだ。

友達だって最初は手を差し伸べてくれるかもしれない。でも最初だけだ。

どんな人にも等しく価値があるなんて、そんな宗教のようなことばはいらない。

実際、友達の間でも優先順位はある。大事にしたい友達と、好きだけどそこまででもない友達。時間が有限である以上、無限に友達を増やし続けるわけにはいかない。

お金や名誉などの単純な基準ではなく、もっと曖昧な人としての価値は存在する。なのに、それがないように振る舞うのは無理だ。

ただ、はっきりわかるのは、もし鈴音が水絵と同じような立場になってしまえば、プライドを保ち続けるのは難しいということだ。

たぶん、今ならすぐに忘れられる小さな失敗ですら、ちくちくと心を苛《さいな》むだろう。


バスルームはぐっしょりと濡れていた。

もちろん、水絵と耕太が入ったのだから濡れていて当たり前だ。だが、鈴音がひとりで生活している限り、バスルームはいつも乾いている。

角部屋で換気がいいから、朝シャワーを浴びても、夜にはすっかり乾燥している。

自分が使ったときには濡れることのない、バスタブの奥の壁まで濡れていることに、かすかな苛立《いらだ》ちを覚えた。

バスタブのふたを開けると、冷めた湯が半分ほど入っていた。栓を抜いて、湯を流し、ついでにバスタブも軽く洗った。

バーにいたせいで煙草臭くなった髪を洗い、汗を流して風呂から上がる。

水絵はまだリビングで本を読んでいた。

髪をタオルで拭きながら尋ねた。

「まだ寝ないの？」

「うん、もう少し……」

冷蔵庫を開けて、新しいビールを取り出しながら再び尋ねる。

「ビール飲む？」

「もらっていい？」

「もちろん」

ビールを渡すと、彼女はうれしそうな顔で受け取った。

「発泡酒じゃないの、ひさしぶり」

そう言われてはっとする。

最後に会ったとき、水絵は生ビールを何杯もおかわりしていた気がする。たぶん夏だった。好きなんだな、と思ったことを覚えている。

「飲みたかったら飲んでもいいよ。ビールくらい」

「うん、ありがとう……」

彼女は何度かまばたきをしてから礼を言った。

ダイニングテーブルの椅子に座り、ドライヤーで髪を乾かす。

ひとりのときは、仕事をしているとき以外は常に音楽をかけるか、テレビをつけていた。ひとりでいることが嫌いだというわけではないけれど、静寂の中にいると、息が苦しくなるような気がしていた。

だが、同じ部屋にだれかがいるというだけで、会話はなくても重いような静けさは感じない。

人の気配が、こんなに饒舌《じょうぜつ》だなんてはじめて知った。

恋人や仲のいい友達と一緒にいるときに、そう感じたことはない。好きな人たちと一緒なら、会話は途絶えずに小気味よく飛び交うし、一緒にいることで気持ちは高揚している。

だが水絵はそうではない。昔は仲が良かったけど、ひさしぶりで距離は縮まっていないし、鈴音が望んで部屋に招いたわけではない。

未だに違和感は消えないままだ。水絵の不幸を望むつもりは毛頭ないけど、明日、彼女が新しい滞在先を見つけて出て行ったとしても、残念だとは思わない。

それでも、人がいることで孤独感が薄まるのだとしたら、人間というのはずいぶん単純にできている。

そんなことを考えながら髪を乾かしていると、ふいに廊下に通じるドアが開いた。

寝ぼけたような顔をした耕太が現れる。アニメの柄のついた大きすぎるパジャマを着て、リビングを見回す。

「ママ……おしっこしたい」

水絵は本を伏せて耕太に駆け寄った。寝ぼけてトイレがわからなくなったのだろう。ここは彼の家ではない。

「ほら、トイレはこっちでしょ」

そのままふたりは廊下に出て行った。

ダイニングテーブルに頬杖を突いて、携帯電話を弄りながら鈴音は考えた。

耕太は今の状況をどう捉えているのだろう。

父親もおらず、母親は仕事はおろか、住む場所も決まらない。ストレスを感じないはずはない。学校だって今は行っていない。

水絵がまっさきに鈴音のところにきたとは考えにくい。十年も会っていない友達のところに行く前に、頼る人もいただろう。

ほかにも知り合いや友達のところを転々としてきたはずだ。その落ち着かない環境に不安を覚えているのか、それともむしろ先入観がない分、受け入れるのが簡単なのか。

男の子にしては、耕太はひどく大人しい。それが環境のせいなのか、もともとそういう性格なのか、子供を持ったことのない鈴音にはよくわからない。

——子供か……。

鈴音はためいきをついた。

子供はそれほど好きではない。だがそれは、子供が欲しくないということとイコールではない。

三十六歳。今妊娠しても、産むのは三十七歳になってから。充分、高齢出産だ。

それでも敏彦とつきあっている間は、安心感もあった。四十過ぎてから産んだ知り合いもいるし、まだまだ間に合う、と。

相手がいなくなってしまえば、タイムリミットはすぐ身近に感じる。

自分はこのまま、子供を産むこともなく老いていくのだろうか、と。

仕事は大事だから、仕事を捨ててまで出産するつもりはない。

だが、鈴音のような仕事なら、収入が途絶えることだけ我慢すれば、産休を取ることは難しくはない。復帰してからも、仕事の量をセーブすれば子育てと両立はできると思っていた。

産めるものなら産みたかった。いや、過去形にするのはまだ早いけれど。

子供を作らない人生が悪いものだとは思わない。むしろ、産むよりも楽だろうし、変化だって少ない。

それでも女として与えられていた可能性をあきらめるというのは、大きな決断だ。

その選択肢にはタイムリミットがあって、それはじわじわとプレッシャーのようにのしかかってくる。

考えて、自分で選んで「産まない」と決めるならいい。

今のままでは、それを選ぶか選ばないかを自分で決めることもできずに、その可能性を取り上げられてしまうようで苦しかった。

もちろん今は、水絵よりも鈴音の方がずっと恵まれた環境にいる。

だが、五年後、十年後はどうなのだろう。

水絵が今の苦境を切り抜けて、仕事か新しいパートナーを見つける可能性は高い。そして愛する子供もいる。

反対に自分はずっとひとりのままで、寂しい思いをしているかもしれない。

夜とお酒のせいで、センチメンタルになっているのかもしれない。鈴音はためいきをついた。

戻ってきた水絵に言う。

「羨ましいわ」

「え？」

ソファに戻ろうとしていた水絵は驚いたように足を止めた。

「羨ましいって……なにが？」

「耕太くん。もちろん今は大変だと思うけど、でもやっぱり子供がいるのは羨ましい」

「できないの？」

水絵は単刀直入に尋ねた。

「ううん、ああ、調べてないからわからないけど……特になにかあるわけじゃないの」

もちろん目立った異常はなくても、不妊ということもあるらしいが、とりあえず鈴音は婦人科検診で引っかかったことはない。

「じゃあ、作ればいいのに。今はシングルマザーというのも珍しくないわよ」

「そこまでは……」

鈴音は苦笑した。できてしまって、どうしても結婚できないというのならともかく、シングルマザー前提で子供を作るつもりはなかった。

そう言われてしまうと、子供が欲しいと思う自分の気持ちは、ひどく曖昧なものに感じられる。

実際、曖昧なものなのだろう。どうしても子供が欲しいと思う女性なら、積極的に相手を見つけて、アプローチを繰り返しているはずだ。

そうするほどの強い気持ちを持てないまま、ただぼんやりと、タイムリミットだけを恐れている。

実際に産んだ水絵にとっては、少し苛立つ発言だったかもしれない。

鈴音だって、いつもシナリオライターや作家になりたいと言いながら、ちゃんと書こうともしない知り合いに苛立っている。

水絵はソファではなく、鈴音の向かいの椅子に腰を下ろした。

どきりとした。これまで水絵は部屋にきてから、鈴音とまっすぐ向き合うのを避けるようにソファにばかり座っていた。

水絵は目を伏せたままで言った。

「わたしはちょっと怖い」

「え？　怖いって？」

「耕太がいることが」

そう聞いても、少しも理解できなかった。なぜ子供がいると怖いのだろう。

「そうね……結婚する前はわたし、なにかを怖いなんて思ったことなかったわ。だって、なんにも大切なものなんてなかったもの」

水絵の口調はこれまでと違っていた。やっと固い殻が割れて、昔の彼女が戻ってきた気がした。

そう、こんなふうに、快活なのに少し皮肉っぽく喋る友達だった。

「前の夫のことは、最初、本当に好きだったわ。でも、彼と出会って結婚してからも同じだった。いくら好きでも、彼は大人の男で、自分のことは自分でできるはずだった。だから大切というのとは少し違ったわ」

そう言ってから、水絵はくすりと笑った。

「思ってたより、ずっと子供だったけどね、彼は。でも、子供と、心だけが幼い大人は全然違うわよね」

水絵はテーブルに手を置いて話し続けた。

「耕太は特別なの。わたしの人生で、彼だけが大事なの」

それはわかる。子供はいないけれど、子供ができれば人生の優先順位はまるで変わるだろう。

「わかると思うわ。だから羨ましいの」

そう言ったのに、水絵は首を横に振った。

「いいえ、鈴音にはわからないわ」

そんなことを言われるとは思わず、鈴音は顔を強《こわ》ばらせた。

自分が子供を産んでいないからだろうか。

鈴音が不快に思ったことは水絵も気づいたようだった。だが、それでも彼女は繰り返した。

「こんなこと言ってごめんなさい。でも鈴音にはわかってない」

「わかってないってなにが？」

「大事なものがあるって、すごく怖いことなの」

水絵は色素の薄い目で、まっすぐに鈴音を見た。

怖い。彼女はまた怖いと言った。

水絵は廊下の方に視線を移した。

「毎日のように考えるの。もし、耕太が目の前で交通事故に遭って死んでしまったとしたら、きっとわたし、気が狂ってしまう」

彼女の口から出た話の内容に、鈴音は息を呑んだ。

「そんなことなんてないって言い聞かせても、しょっちゅう考えるの。この子が死んでしまったらどうしようって。わたしがちょっと目を離した隙《すき》に、頭のおかしい人間に殺されてしまうかもしれない。いきなり重い病で倒れてしまうかもしれない」

押し殺したように低い声で、彼女は話し続ける。

「もっと小さいときはもっと怖かったわ。あの子、わたしとずっと一緒にいたがって、台所までついてきてたの。ずっと怖かった。パスタを茹《ゆ》でているときは、この熱湯が彼にかかって、大火傷《おおやけど》を負ったらどうしようと思ったし、揚げ物をしているときは火が彼の髪に燃え移ってしまったらどうしようと思ったわ。特に、わたしのせいで、彼がどうにかなってしまったらと思うと、それだけで気が狂いそうになるの。絶対耐えられるはずなんてない」

少しずつ、彼女の話の意味が、鈴音にもわかってきた。

「もし、わたしのせいでなくても同じだわ。通り魔に襲われても、交通事故に遭っても、きっとみんな言うの。わたしが目を離したからだって」

はっとする。

子供の事故の話を聞くと、いつも鈴音も考えていた。お母さんが目を離したせいだと。もっとちゃんと見ていれば、痛ましい事故は防げたのだと。

だが、四六時中、百パーセントの状態で子供を見張っていることなどできるのだろうか。どんな人にも、ふっと油断してしまう瞬間はあるのではないだろうか。

彼女は話し続けた。

「ううん、ほかのだれでもない、わたしが思う。わたしのせいだって。自分のせいで、自分の世界一大事な耕太が死んでしまう。そんなことがあったら、絶対にわたし、気が狂うわ」

水絵は恐ろしい場面を想像してしまったかのように身体を震わせた。

「大事なものがなければ、人生なんてそんなに大変じゃない。わたしひとりなら、水商売でも底辺の仕事でもできる。どうしても苦しくなったら、自殺してしまえばいいわけだし」

さらりと水絵はそんな恐ろしいことを言った。

だが、住んでいたアパートを追い出され、十年も会っていない友達を頼るところまできてしまったのだ。自殺だって考えただろう。

改めて、鈴音は水絵の境遇に深く同情した。

「でも、耕太に寂しい思いはさせたくないの。お母さんが夜になったら出て行って、真夜中に帰ってくるとか、そんな生活をさせるのは嫌なの。それに夜の留守番中に、もし火事でも起こしたり、誘拐されたりしたら……」

そう言って水絵は声を詰まらせた。

「自殺だって、絶対に、どんなことがあってもできるはずはないわ。母親の自殺に耐えられる子供なんていない。そうなるとわたし、いつも怖くてたまらなくなる。もし、仕事がこのまま見つからなかったらどうしようって、不安でたまらなくなる」

最悪の場合、生活保護がある。そう言いたかったがあえてそれを口に出すのは気が引けた。

もちろん水絵もそれは知っているはずだし、その上でちゃんと自活したいと考えて就職先を探しているのだろう。

部外者が気軽に、「生活保護を受ければ」なんて言えるはずはない。

水絵は首を振った。

「もちろん、耕太がいることで救われていることだっていっぱいある。それはわかってる。でもわたし、怖いの」

かすれた声で彼女は話し続ける。

「耕太が不幸にならないためだったら、わたし、どんなことでもする。あの子が死なないためだったら、悪魔に魂だって売ってしまう」

水絵がなにを怖がっているのか、やっと理解できた。

いや、本当にはわからない。水絵の言うとおり、それは子供のいない鈴音には、ひどく遠い感情だった。

だがその感情がどんなものかはわからなくても、そういう気持ちになってしまうということだけはおぼろげに理解できる。

水絵は無理に作ったような顔で微笑した。

「ごめんなさい、変な話して」

「ううん、そんなことないよ」

むしろ、本音が聞けてうれしいと思った。

今まで彼女との間にあった距離が、やっと縮まったような気がした。

翌朝、目が覚めたのは十時を過ぎてからだった。

リビングからは、昨日と同じようにテレビの音が聞こえていたが、鈴音も慣れたのだろう。それで目が覚めることはなかった。

うとうととしかけた午前三時に電話でたたき起こされたこともある。

電話は、すでに撮影に入った脚本についてだった。急に現場でいろいろ問題が起き、明後日までに書き直してほしいと言われたのだ。

因果な商売だ。休もうと思えば、二週間くらい休みを取って、カリブ海のビーチでごろりと横になっていることもできるが、そんな最中にも急に電話がかかってきて、書き直しを命じられることだってあるのだ。

タイトなスケジュールならそのまま仕事場に直行することもあるが、幸い、分量はそれほど多くない。疲れた頭でうんうんうなってひねり出すより、睡眠を取ってリフレッシュしてから書く方が効率がいい。

起き上がってパジャマを着替え、リビングに通じる引き戸を開ける。

「おはよう」

「あ、おはよう」

水絵と耕太はダイニングテーブルについていた。テーブルの上には、サラダやトースト、ハムエッグなどの朝食らしい朝食が並んでいる。

それを横目で見ながらキッチンに行き、コーヒー豆を挽く。

「鈴音は食べないの？　よかったら用意するわよ」

「ありがとう。でも朝は本当にいらないの」

実家にいたときは、ちゃんと食べていたが、大学に入ってひとり暮らしをはじめてから、まったく食べていない。そうなってしまえば、身体が受け付けなくなるのだろう。

温泉旅館などで朝から豪華な朝食を用意されても、まったく欲しくならない。

コーヒーメーカーに挽いた豆をセットしてから、顔を洗って歯を磨いた。

ダイニングからは水絵の声が聞こえてくる。

「ねえ、昨夜、遅くに電話かかってきてたのね」

口をゆすいでから答える。

「仕事の電話なの。急に書き直ししなきゃならなくて……」

水を流しながら自分の歯ブラシをゆすいで、コップに立てた。

「起こした？　ごめんなさい」

そう言いながらも、それほど悪いとは思わなかった。これが鈴音の生活で、変えることなど簡単にできない。

ブラックのコーヒーを飲むと、頭がやっとはっきりしてきた。もともとするつもりだった仕事もあるし、今日は忙しくなる。

財布や携帯電話などをバッグに入れる。ノーメイクだが今日はだれに会うでもない。仕事場にこもって書くだけだから問題ない。

「仕事場に行ってくるわ」

そう言うと水絵は驚いたようにまばたきをした。

「もう?」

「急ぐからね。水絵は好きなようにしてていいわよ」

髪だけをまとめていると、水絵は洗面所までやってきた。

「夜は何時くらいになるの?」

「え?」

ピンを持った手を止める。帰りの時間まで聞かれるとは思わなかった。

「夕食はどうするの? もし食べるんだったら三人分作るけど」

そう言われればたしか水絵は、鈴音のマンションにいさせてほしいと頼んだとき、交換条件として「食事の準備もする」と言っていた。

鈴音は少し考えてから答えた。

「いらないわ。終わるの何時になるかわからないし」

仕事の量を考えると、夕方に仕事を終えて六時か七時に帰宅というわけにはいかないだろうし、食べると言ってしまえば、時間も気にかかる。

水絵の手料理に興味がないわけではないが、どうしても食べたいというわけではない。いつもどおり、仕事場の近くで軽く食べるか、出前でも取ればいい。

水絵は少し残念そうな顔をした。

なんだか奥さんでもできたみたいだ、と鈴音は苦笑した。妻のいる男性は、いつもこんなくすぐったくもありがたいような、それでいて少しうっとうしいような気持ちを味わっているのだろう。

「あ、それとお風呂のことだけど」

「お風呂がどうしたの？」

「鈴音、昨日お風呂のお湯、落とした？」

たしかに昨夜、シャワーを浴びたときバスタブの栓も抜いた。

「それがどうかしたの？」

水絵は大げさに驚いた。

「だって、一回しか使ってないのに。もったいなくない？」

もともと実家でも、風呂の湯は毎回変えていた。ひとりになってからもその習慣は抜けていない。

「追い炊きするのにもガス代かかるでしょ」

「それにしたってもったいないよ」

湯を抜いてしまえば、バスルームに湿気がこもることもないからカビも生えにくい。鈴音の実家の母はそう言って、最後の人が入ったあとに湯を抜いていた。

「あんなに大きいお風呂なのに」

たしかにこのマンションのバスタブは、一般的なファミリーサイズのバスタブよりも大きいサイズだ。ゆっくり足を伸ばして入れるから気に入っている。

「毎日湯を張り替えても、水道代はたいしたことないわよ」

そう言うと、やっと水絵は黙った。

少し面倒くさいと思った。居候なのに、なぜ鈴音のやり方に文句を言うのだろう。第一、水道代だって払うのは鈴音だ。それとも払ってくれるというのだろうか。

まだ納得のいかない顔をしている水絵をそのままに、鈴音はバッグを肩にかけた。

「耕太くん、行ってくるね」

リビングを覗いてそう言うと、耕太はびっくりしたような顔をしてこくんと頷いた。

鈴音の仕事場は、マンションから七分ほど歩いたところにある。

飲み屋が多く、夜遅くまで人通りが絶えないし、食事する場所にも事欠かない。もっとマンションの近くだといいのに、と思うこともあるが、座りっぱなしの仕事だから自然と運動不足になる。行き帰りに少し歩くくらいがちょうどいいのかもしれない。

仕事場のマンションのエントランスに入り、いつものようにオートロックを解除しようとして、鈴音は手を止めた。

このマンションのオートロックは暗証番号ではなく、各部屋の鍵で解除するものなのだが、鍵が鍵穴に入らない。

よく見ると、鍵穴の中に爪楊枝《つまようじ》のようなものが差し込んである。だれかのいたずらだろうか。

管理人は昼十二時にならないとこない。もう一度家に帰ろうかと考えていると、エントランスにもうひとり男性が入ってきた。

三十代前半くらいだろうか。鈴音と同じように鍵を取り出して、オートロックを解除しようとしている。

思わず言った。

「だれかがいたずらしたみたいなんです。鍵が入らない」

彼は大げさに顔をしかめた。

「本当ですね。これは困った」

鍵を持っているところを見ると、このマンションの住人らしい。

鈴音が仕事場にしているとはいえ、もともとここは単身者用の賃貸マンションだ。ほとんどの部屋が住居として使われている。

彼は鍵と鈴音の顔を見比べた。

「あなたも入れなくて困ってるんですよね。よかったら、管理人がくるまでお茶でもしませんか？」

思わず、目を丸くしてしまった。まさかこのタイミングでナンパされるとは思わなかった。

彼は照れたように笑った。ハンサムというわけではないが、スポーツマンらしく日に焼けていてさわやかだ。人なつっこそうな笑顔も好感が持てる。

だが、ちょうど中から人が出てきて、オートロックが開いた。

鈴音と彼はその隙に急いでマンションに入り、そして同時に噴き出した。

彼は頭を掻いて笑った。

「すいません。なんか間抜けなこと言ってしまって」

「いいえ、誘ってくださってうれしかったです」

嘘ではない。誘いに乗るか乗らないかはまた別だが、それでもお茶を飲もうと言われたことは不快ではない。少なくとも、鈴音と親しくなりたいと思ってくれたということだ。

エレベーターに一緒に乗る。彼は五階のボタンを押した。鈴音の仕事場は最上階の七階だ。

「502の灘《なだ》です。これを機会によろしく」

「704の真壁です。こちらこそ」

そんな挨拶をして、五階で降りる彼を見送った。

彼はエレベーターを降りてから振り返って手を振った。


結局、その日はエンジンをかけるのにひどく時間がかかってしまった。

大した量ではなかったのに、うまく頭が働かずに、もやもやと考え事ばかりが頭を支配する。いちばんの原因は、やはり灘のことだ。

ちょっとお茶に誘われたくらいで、舞い上がるほど若くはないし、自分に自信もない。このまま、何事もなく終わる可能性の方がずっと高いことは、自分の過去を振り返ってもわかる。

それでも、こういう小さなきっかけからなにかがはじまることだって、ときどきあるのだ。

――独身……だよね。

いくらなんでも妻帯者なら、あんな気軽にお茶に誘ったりしないと思う。

それに、このマンションはワンルームで、夫婦や家族が住むのには手狭だ。住人はほとんど独身の社会人か学生だと、契約のとき、大家から聞いた。

学生が多いといえども、最近の学生は大酒を飲んで騒いだり、朝まで麻雀をするようなこともないらしく、夜通し仕事をしていても静かだ。

鈴音のように、仕事場として使っている可能性もある。今日は平日だから、普通のサラリーマンなら昼間から家にいることはないだろう。

もちろん、恋をしたとかそんなことではない。

この年になってしまえば、階段を踏み外すように恋に落ちることなんてない。あれは若い頃だけの熱病だ。いったいどんな人か、嘘をついたり、他人を陥れたりするような人ではないか、結婚しているか、いないか、独身だとしても決まったパートナーはいないか、同性愛者ではないか、そんなことを観察して、自分が恋をしていい人かを確認し、それからゆっくりと恋に落ちる。

まるで水着に着替えて、準備体操をしっかりしてから、プールに入るかのように。

若い頃は、服のまま崖から飛び込むようなこともしたし、そのせいで痛い目も見た。

結婚しているくせに、独身だと嘘をついて近づいてきた人もいて、鈴音はまんまと騙《だま》された。

用心深くなったせいで、いくつかのチャンスは逃してしまったかもしれない。

だが、つまらない嘘のせいで傷つくのはもうごめんだ。そんなすぐばれる嘘をついてまで、女性と関係を持ちたいという男の気持ちはまったくわからない。

灘が独身で、好感が持てる人ならいいのに。

そんなことばかり考えて、なかなか仕事の世界に入り込むことができなかった。

ようやく頭が切り替わったのは、一度夕食を食べに行き、帰ってシャワーを浴びてからだった。

集中しはじめると仕事は早い方だ。そのまま徹夜で書き続け、メールで脚本を送ったのは、翌日の朝八時だった。

身体は泥のように疲れ果てていた。仕事場のソファベッドでそのまま寝てしまおうかと思ったが、頭をフル回転させたあとは、目がさえてしまってなかなか眠れない。

家まで歩くうちに、興奮も収まるだろう。そう考えて、鈴音は仕事場を出た。

朝の通りは、水洗いしたかのようにさわやかな空気に満ちていた。徹夜明けの自分が異分子のようで、少し自虐的な気持ちになる。

まだ通勤の会社員たちもそんなに多くはない。

昼間とは違う淡い光の中を、のんびりと歩いて、自宅に帰り着いた。

鍵を開けようとして少し迷い、インターフォンを押した。

「はい？」

水絵の声が聞こえてくる。

「わたし、今帰ったわ」

「あ、お帰りなさい」

それから鍵を開けて中に入る。水絵はすでにスーツに着替えて、髪もきちんと整えていた。

「今までお仕事？　大変ね」

「まあね。でもいつものことだから」

スニーカーを脱いでバッグを玄関に投げ出す。

リビングに行くと、耕太が椅子に座って、食パンをもぐもぐと頬張っていた。

水絵が尋ねる。

「朝ごはん食べる？　まだ時間あるからトースト焼くわよ」

「いい。これから寝るから、今食べたら太っちゃう」

コーヒーを飲むのもやめて、冷蔵庫から缶ビールを出す。水絵が驚いた顔になったが、関係ない。鈴音は労働を終えたあとなのだ。朝でもビールの一本くらい飲む権利はある。

ソファに座って水絵に尋ねた。

「今日は？　また面接？」

「ううん、まだこの前の面接の結果が出てないから……。でも、落ちたときのためにハローワークに行って、別のところを探しておくつもり」

「ふうん……大変ね」

たぶん、仕事疲れもあって、あまり気のない返事になってしまったのだろう。水絵が一瞬、苛立ったような顔になった。

だが、わざわざ言い訳するほどのことでもない。水絵もすぐに普段の表情に戻る。

食べ終わった耕太の皿を、キッチンのシンクに持って行く。

「ねえ、帰ってから洗うから、このままにしてていい？」

鈴音は頷いた。

「いいわよ。別に」

鈴音も洗い物を、夜にまとめて洗うことはよくあるし、そこまで神経質ではない。といっても、日をまたいで放置したりはしないし、生ゴミは毎日片付けている。

「じゃあ、行ってくるわね」

水絵はバッグを持ち、耕太を連れて、リビングを出た。

玄関で少し話し声がしたあと、ドアが開いて閉まり、鍵がかかる音がした。

その瞬間、ふっと空気が軽くなった。

よそよそしい顔だった自宅が、ふいにいつものくつろげる場所になる。

「あーっ」

大声を出して、ソファに倒れ込む。

ひとりになってみるとよくわかる。やはり水絵がいることは、それなりのストレスになっていたようだ。

豪快に見えて、意外に神経質なのが鈴音の性格で、それは昔からまったく変わらない。

自分の家だし、厚意で水絵を泊めてあげているのだから、好きなように振る舞ってもいいようなものだが、なかなかそういうわけにはいかない。

ベッドルームに行こうとして気づく。あの部屋は水絵に貸している。いないからといって、勝手に使うのは気が引けた。

仕方なしに、鈴音は毛布だけを取ってきて、ソファに横になった。

眠気の波はすぐに打ち寄せて、そのまま鈴音を押し流していった。


インターフォンが鳴らされる音で目が覚めた。

宅配便なら、宅配ボックスがあるので、無理に起きる必要はない。そう思って無視していたのに、しつこいほど何度もブザーの音が響く。

よろよろと起き上がって、インターフォンの受話器を外す。

「はい?」

少し無愛想に答えながら、カメラの画像を見て、一瞬で目が覚めた。

耕太がひとり、真剣な顔でインターフォンのカメラを覗き込んでいた。

「耕太くん? どうしたの?」

「あ……」

ともかく、オートロックを解除する。耕太は、それに気づくとぱたぱたとエントランスに駆け込んだ。

カメラには、水絵の姿は映っていなかった。

時計に目をやると、二時過ぎだ。早めに水絵と一緒に帰ってきて、マンションの前で別れて、水絵は買い物にでも行ったのだろうか。

玄関のインターフォンが鳴ったので、ドアを開ける。

耕太が目を大きく見開いて、鈴音を見上げていた。

「どうしたの？　お母さんは？」

「……おかあさん、どっか行っちゃった……」

「ええっ」

ともかく、耕太を中に入れる。

「どっか行っちゃったって、迷子になったの」

「……わかんない……」

「どこでお母さんと離れたの？」

「新宿……」

そこからひとりで帰ってきたのかと尋ねると、耕太はこっくりと頷いた。

途中でだれかに連れ去られたり、道に迷っておかしなところに行ってしまったりした可能性もあるが、ちゃんとひとりで帰ってこられたのは偉い。あまり喋らないが、頭のいい子なのだろう。

「ちょっと待ってね」

携帯電話で、水絵の携帯に電話をかけたが、電波の届かない場所にいるらしい。メッセージだけ残して、電話を切る。

「お昼食べた?」

そう尋ねると、耕太は首を横に振った。お腹空いた? という質問にはこくりと頷く。

冷蔵庫を開けてみたが、あまり料理をしないせいでどうやって扱っていいのかわからないものばかりだ。卵を茹でて、サンドイッチくらいなら作れるが、時間がかかりそうだ。しかも、鈴音も空腹感を覚えている。

「ハンバーガー食べに行こうか」

そう言うと、耕太はうれしそうな顔になって、大きく頷いた。

水絵からいつ連絡がきてもわかるように、ポケットに携帯電話を入れて、耕太と一緒にマンションを出た。

耕太が手を出すので、その手を握ってやると、ちょっとほっとしたような顔になった。

子供の歩幅に合わせて歩くのは新鮮だ。普段よりもゆっくり、隣の子供が転ばないように気をつけながら歩く。

普段なら気にならない、歩道を走る自転車が急に危険に感じられる。

水絵が「怖い」と言っていた意味が、ほんの少しだけわかる気がした。子供の面倒を見ることには責任がつきまとう。

今、ここで耕太が自転車とぶつかって、大怪我《おおけが》でもしたら、それは鈴音の責任だ。

そう考えると、いつもより緊張して歩かなければならない。

マクドナルドに入り、耕太の希望を聞いて、チーズバーガーとポテト、コカ-コーラを注文する。自分のためにも、同じものを頼んだ。

二階に上がってふたりがけのテーブルで向かい合って、一緒に食べる。

よっぽど空腹だったのか、耕太は大きな口をあけて、がぶりとチーズバーガーにかぶりついた。

携帯電話を確認するが、水絵からの着信はない。

どうしたのだろうか。心配していないはずはないと思うのだが。

ふいに嫌な予感がした。まさか、就職が決まらないことに絶望して、衝動的に自殺など考えたりしていないだろうか。

必死でその考えを打ち消す。

この前の夜、水絵は「自殺など絶対にできない」と言っていたではないか。そんなことがあるはずはない。

チーズバーガーを食べ終えた耕太が、じっと鈴音を見つめているのに気づいて、鈴音はあわてて笑顔を作った。

「どうしたの？　ポテト食べないの？」

「ねえ、お姉ちゃん」

耕太から見ると、鈴音はお姉ちゃんというよりもおばちゃんという方が自然な年齢だろう。なのに、お姉ちゃんと呼ぶのは、水絵からそう呼ぶように言われているからかもしれない。そう自覚していても、きっと「おばちゃん」と呼びかけられたら、心の奥でムッとしてしまうだろう。

「なあに？」

「ママを追い出さないであげて」

どきり、とした。強ばりそうな表情を笑顔でごまかす。

「追い出したりしないわよ」

約束の一週間が過ぎるまでは。そう心で付け加える。

耕太は足をぶらぶらさせながら言った。

「ママ、いつも心配してる。ここを追い出されたら、行くところがないんだって」

聞きたくないことを聞いてしまった。

ほかにも頼る人はいるだろう、と勝手に決めつけていた。そう考えないと、罪の意識を感じてしまう。

だが、本当に鈴音以外に頼る人間はだれもいないのだろうか。

その可能性は高い。鈴音ですら、家に置いてほしいと頼むには遠すぎる関係だ。いきなり鈴音のところにきたのではなく、あちこちで断られ、万策尽き果てて鈴音に電話してきたのだと考える方が自然だ。

もし、一週間経っても、水絵の就職が決まらなかったら、どうすればいいのだろう。正直な話、もっと長くというのはつらい。今ですら、小さなストレスは感じている。期限があると思うから、やりすごせているだけだ。

だが、鈴音が追い出したせいで、水絵と耕太が路頭に迷うのだとしたら、そこまで非情にもなりきれない気がする。

考えると頭が痛かった。

もっと親しくしていた友達のためならば、「落ち着くまで家にいていいよ」と言うのは難しくはない。だが、水絵のためにそこまで言う義理があるのだろうか。

考え込んでいるうちに、食欲がなくなっていく。無理矢理のように、チーズバーガーを口に運び、ポテトは残した。

「帰ろうか。お母さん、帰ってるかもしれないし」

そう言うと、耕太は頷いた。

また手を繋いで、家まで帰る。水絵と離れていることには、特に不安を感じないようで、耕太はアニメの主題歌を小さな声で歌っている。

「新宿から、よくひとりで帰れたね」

そう言うと、歯を見せて笑う。

「だって、そうぶせんだもん。知ってるよ」

「電車好きなの？」

うん、と大きく答えて、「そうぶせん、ちゅうおうせん、けいひんとうほくせん」などと言いはじめる。

「ね、しんかんせん、乗ったことある？」

「あるわよ。耕太くんは？」

「一回、おじいちゃんのところに行った」

その祖父は、水絵の父のことだろうか、それとも水絵の前夫の父だろうか。どうやって聞こうか迷っているうちに自宅に到着する。

留守番電話のランプが点滅しているのに気づいて、液晶画面を覗き込んだ。出かける前はなにも録音されていなかったのに、五件もメッセージがある。

再生すると、水絵の声が流れてきた。

「耕太がいなくなったの……今、警察にきているけど、どこにもいなくて……どうしよう……」

思わず舌打ちをする。どうして、携帯電話にかけてこないのだろう。こちらからも水絵の携帯にメッセージを残しておいたのに。

その答えは、次のメッセージにあった。

「携帯電話の電池がなくなっちゃったみたい……ごめんなさい。今携帯電話に連絡もらっても出られません。こちらからまたかけ直します」

かすかな苛立ちを覚える。携帯電話の充電くらい毎日確認しておけばいいのに、と思った。こんなトラブルがなくても、水絵は求職活動をしている最中ではないか、連絡が取れなかったがために、職を逃すということだってあるはずだ。

――そんなだからうまくいかないんじゃないの？

そんな意地悪な考えまで浮かんでくる。

この前の歯ブラシのことだってそうだ。水絵にはどこか、常識はずれというか突拍子もないところがある。そういうことが積み重なって、結局リストラということになったのではないだろうか。

携帯電話だって、急いで近くのショップに行って充電してもらうこともできるはずだし、残りが少ないと気づいた時点でコンビニで充電器を買えばいい。

機嫌良く歌を歌っていた耕太が振り返った。

「ママ?」

「そう。ママ、ケータイの電池がなくなっちゃったんだって。またかけてくるって」

耕太は歌うのをやめて、床に座った。

「ママ、怒ってる?」

「怒ってないと思うわ。でも、心配しているわよ」

そう言っている間に、また電話が鳴る。鈴音は急いで受話器を取った。

「ああ、やっと通じた……」

水絵の泣きそうな声が聞こえてくる。

「耕太くんなら、ひとりでうちに帰ってるわよ」

「嘘!」

「あなたとはぐれて、どうしていいのかわからなかったから、ひとりで帰ってきたみたい。賢い子じゃない」

電話の向こうから深いためいきが聞こえた。

「……よかった……」

「携帯に電話したのよ。でも繋がらなかったし、一応メッセージは残したけど」

「最近、バッテリーの減りが早いの。もう古いから……。それなのに、昨日充電し忘れて、気づいたときにはもう電池が残ってなくて……」

携帯電話を買い換える余裕もなかったのかもしれない。そう思うと可哀相だが、ならば充電器くらいは持ち歩いておくべきだ。

就職活動のこともあるし、耕太のことだってある。

「だから、心配しなくていいわよ。耕太くんに代わる?」

「ええ、お願い」

耕太を手招きして呼んで、受話器を渡す。耕太は困った顔のまま、受話器を耳に当てた。

水絵が強い口調でなにかを言っているのがかすかに聞こえてくる。

たぶんはぐれたことを叱っているのだろう。

子供が叱られているのを聞くのは、居心地が悪い。目を離した水絵にも責任はあるはずだ。

耕太の目に涙が溜まってくるのを見かねて、口を出そうとしたとき、耕太が受話器を鈴音に差し出した。

「ママが代わってって」

受話器を受け取ると、水絵の声がした。

「本当にごめんなさい。ご迷惑をおかけしました」

「わたしはなにも。耕太くんが自分で帰ってきたわけだし」

別に社交辞令でも何でもなくそう言った。ほっとした気配が受話器の向こうから伝わってくる。

「じゃあ、帰るね。悪いけど、私が帰るまで耕太のことお願い」

そう言って電話は切れた。疲労感を覚えて息を吐く。

耕太は水を忘れられた花のようにうなだれていた。「怒られた?」と聞くと、涙目のまま頷く。

「そこにいなさいって言われたとこから、動いちゃ駄目だったんだって。でも、ぼく、ずっと待ってたんだ。でも、いつまで経ってもママが帰ってこないから、ちょっと見てこようと思って……そしたらどこかわかんなくなった」

泣きそうな顔でそう訴える。鈴音は可哀相になって彼の頭を撫でた。

「ママの言いつけを守らなきゃ駄目よ。でも、ひとりでちゃんと帰ってこられたのはえらいわ」

そう言うと、ほっとしたような顔になる。

「わたしもママに言ってあげる。耕太くんを怒らないでって」

「ほんと?」

笑顔になった耕太を見ながら、鈴音は思う。母親になったことのない自分は、いつまでも子供の味方をしたくなるのかもしれない、と。

一時間ほどで水絵は帰ってきた。疲労困憊《こんぱい》した様子だが、それ以上耕太を叱るつもりはないようだった。

「今日はこのまま家にいるの？　晩ごはん作るけど食べる？」

そういえば、水絵の手料理は食べたことなかった。わざわざ外に食べに行くのも妙だし、鈴音は素直に頷いた。

「じゃあ、ごちそうになるわ」

そう言うと、水絵ははりきったように、キッチンに立って野菜を切りはじめた。普段、キッチンではコーヒーや紅茶を淹《い》れるだけだ。包丁の音がリズミカルに響くのを、不思議な気分で聞く。

「ちょっと調べ物してるわね」

そう言って、部屋に閉じこもる。

二十分くらいで、カレーのいい匂いがぷんと漂いはじめた。

なにを作るのだろうと思っていたが、やはり子供はカレーが好きなのかもしれない。

本を読んでいると、水絵の声がした。

「できたわ、どうぞ」

引き戸を開けてリビングに入ると、すでにテーブルセッティングが整っていた。

カレーとサラダ、それから揚げ物の皿がある。

「食器はたくさん持ってるのね」

「ええ、まあ一応ね」

料理もしないのに、と言外に責められている空気を感じながら、さらりと答える。持ち寄りのホームパーティをすることもあるし、引っ越したときセットでまとめて買った。普段は使わないから割れることもなく、そのまま揃っている。

今日はもう仕事をするつもりはない。冷蔵庫から缶ビールを取り出して、プルトップを開ける。

じゃがいもがごろごろ入った、昔ながらのカレーライスだった。

耕太に合わせているのか、あまり辛くはないが、それでもスパイスのいい香りがする。ただ子供向けの甘いカレーではない。

揚げ物は、春巻きの皮で挽肉とひよこ豆を包んで揚げたものだった。これもクミンが効いていて、ビールによく合う。

サラダのドレッシングも手作りなのだろう。刻んだ茹で卵や細切りチーズなどをかけて、野菜嫌いの子供でも食べやすくアレンジしてあるのがよくわかる。

「おいしいわ」

お世辞ではなく、そう言う。

レストランで食べる料理とはまったく違う、家庭料理の味だ。

水絵がはにかんだように笑った。

「カレーなんて簡単だけど、耕太がカレーが食べたいって言うから」

耕太は真剣な顔で、スプーンを口に運んでいる。お母さんのカレーが好きなのだろう。

「いいじゃない。わたしもカレー大好きよ」

外でもカレーはよく食べるが、エスニック料理店のインドカレーやタイカレーがほとんどで、こういう普通のカレーを食べる機会はあまりない。

食べ終わると、急に眠気が襲ってきた。昼寝したとはいえ、昨夜は徹夜だった。まだ疲れているのかもしれない。

「ごめんなさい。眠くなってきたの。先にお風呂入ってもいい？」

「もちろんよ。あなたの家だもの」

水絵が後片付けをしているのを横目で見ながら、入浴の支度をしてバスルームに入る。

いつもはゆっくりバスタブに浸かるのが好きだが、今日は疲れすぎていてその余裕がない。

シャワーで髪と身体を洗うだけにするつもりだった。

なにげなく風呂のふたを開けると、昨日の残り湯がそのまま張ってあった。

昨日、風呂の湯を替えるか替えないかで、水絵と口論になったことを思い出した。自分が浸かるなら、湯を替えるところだが、今日はバスタブには浸からない。追い炊きでもなんでも、水絵たちの好きなようにすればいいと思う。

髪を洗い終えたときには、眠気は耐えられないほど強くなっていた。このまま立ったまま眠ってしまいそうだ。

なんとか、髪を乾かし終えると、ふらふらと布団の上に倒れ込んだ。

眠る寸前に、ちらりと時計を見る。時計の針は午後九時を指していた。


ほんの少しだけうとうとしたような気分だった。

だが、強い尿意で目が覚める。瞼が張り付いたように重い。まだ眠り足りない感じだ。

起き上がった瞬間に、違和感を覚えた。まるで昼間のように思える。

いったい自分はいつ頃寝たのだろう。そして、今は何時なのだろう。

トイレに行って、用を足してから考える。

たしか、夕食を食べたあと、急に眠くなって寝てしまったのだ。

夕食後、ときどき早い時間に眠気が襲ってくることはあっても、そのまま朝まで眠ることはほとんどない。いつも真夜中になる前に一度目が覚める。

夜型の生活が、すっかり身についてしまっているのだ。

便器から立ち上がったとき、脳天に響くような頭痛がした。しばらくドアにもたれて頭痛が去るのを待つ。

頭痛はときどき、疲れたときに起こるが、こんなのははじめてだ。

よろよろと、トイレから出て、時計を見る。三時だった。

混乱する。この明るさでは夜中の三時であるはずはない。午後三時だ。

指を折って数えた。昨夜の夜九時から、今日の午後三時。合計十八時間も眠り続けた計算になる。

そんなことは今までに一度もなかった。

家の中にはだれもいない。今日は土曜日のはずだから、水絵と耕太はどこかに遊びに行ったのかもしれない。

立ってられないほど頭痛がひどい。

リビングの小さなチェストの引き出しを探り、頭痛薬を取り出して飲んだ。

鈴音は、ソファに座り込んで天井を仰いだ。

今日は仕事などまったくできそうになかった。

第三章

水絵と耕太が帰ってきたのは、夕方になってからだった。

彼女らが帰ってくるまで、鈴音はソファで横たわったままぼんやりしていた。頭痛薬を空腹で飲んだせいで、少し胃が痛んだ。

インターフォンが鳴ったが、起き上がるのもおっくうで放っておくと、そのあと鍵が開く音がして、耕太の声がした。

「おかあさん、もうこれ、脱いでいい？」

「いいわよ、ちょっと待ってね」

リビングに入ってきた水絵は、ソファで横になっている鈴音を見て、驚いた顔をした。

「あ……いたの？」

インターフォンを鳴らしても出なかったからだと思うが、自分の家なのに「いたの？」などと言われて、ムッとする。

「いたわよ。ちょっと頭痛がするの」

「大丈夫？　薬は？」

「飲んだ。ごめん、部屋で少し休むわ」

毛布を持って、隣の部屋に行き、引き戸を閉める。愛想がないと思ったが、体調の悪いときは、他人に気を遣う余裕もないし、子供の気配さえも気に障った。

耕太のことは可愛いと思っているし、普通の同年代の男の子と比べて、賢くて聞き分けがいい子だということはわかる。

だが、頭痛のときには、子供の高い声が頭に響く。声も聞きたくなかった。

横になりながら考える。

やはり、自分は子供に関しては完全な部外者にしかなれない。

親だと自分の体調が悪くても、こんなことは考えないだろうし、考えたとしても、面倒を見ないわけにはいかないだろう。

リビングでは、テレビの音が鳴りはじめ、鈴音は毛布をかぶって耳を塞《ふさ》いだ。

さすがにあれほど眠ったあとでは、眠気は近づいてこなかった。


頭痛がするのに眠れない状態では疲労感は倍増する。

ノックの音がして、水絵が顔を出した。

「夕食、どうする？　あっさりしたものにしたけど……」

「ごめんなさい。悪いけどいらないわ」

ちょうど、喉の渇きを覚えていたので、布団から起き上がる。キッチンに行って、コーヒー豆を冷蔵庫から取り出した。

ダイニングテーブルでは、水絵と耕太が向かい合って食事をとっていた。肉じゃがと味噌汁、冷や奴等が並んでいる。

豆をミルで挽いていると、水絵が箸を止めて尋ねた。

「具合悪いのにコーヒーなんか飲んで大丈夫なの？」

「頭痛だから、カフェイン摂《と》った方がいいのよ」

本当にそれが正しいのかどうかは知らないが、いつも頭痛のときはコーヒーだけを飲んでいる。

挽き立てのコーヒー豆をコーヒーメーカーに放り込み、薬を入れた引き出しを探して頭痛薬を取り出した。

水絵が心配そうにこちらを見ているのがわかったが、気にせずにそれを水で飲む。

「なにも食べてないときには、薬飲まない方がいいわよ」

自分でもわかっていることを言われると少し気に障る。

「いいの、いつものことだから」

そっけなくそう答えると、水絵はそれ以上はなにも言わなかった。

コーヒーを大きめのマグカップに注ぎながらテーブルを見ると、耕太はあまり食べていないようだった。やはり子供は煮物より、カレーやハンバーガーが好きなのかもしれない。

コーヒーを持って自室に戻る。体調が悪いせいか、苛々としているのが自分でもわかる。あまり水絵と話をしたくない。

濃く淹れたコーヒーはおいしく、少し頭がすっきりした気がする。

布団を半分だけ畳んで、パソコンでメールをチェックした。昨日送った脚本に、ＯＫが出た以外はなにもない。

頭痛さえ治まれば明日からは通常の仕事に戻れそうだ。

――でも、いったいなんだったの……。

頭痛は定期的にあるが、こんな異様な頭痛はこれまでに経験したことがない。しかもたった一日徹夜しただけで。

一ヶ月ほど前も、もっとヘビーな状況で仕事をしたことがある。肩と首は鉄板のようにがちがちになり、いつも行っているマッサージで驚かれたが、それでもこんなひどい頭痛と疲労感はなかった。

しかも十八時間も眠ってしまうなんて、今までになかったことだ。

――もう若くないってこと？

それはわかっている。二十代のときなどは、寝ないで遊んでも翌日普通に仕事ができたが、今はもうそんなことはできない。

だが、それとはまた違うような気がした。

落ち着いたら、また人間ドックでも受けた方がいいのかもしれない。

それとも、水絵と耕太が一緒にいるストレスなのだろうか。

また、ドアがノックされた。

「ごめん、少しいい？」

「いいわよ」

本当はあまり話したい気分ではないが、仕方がない。水絵は、部屋に入ってきて、鈴音の隣に座った。

「言おうと思ってたんだけど……昨日、面接を受けた会社から不採用の連絡があったの」

鈴音は冷めかけたコーヒーを飲んだ。苦みと酸味の入り交じった液体が喉に落ちていく。

カップを置いてから尋ねる。

「ほかに何件、面接受けたの」

「もう、それで最後なの……ほかのところも断られて……」

こんなことになるのではとうすうす感づいていた。

「それで、どうするつもりなの？」

今日で五日目。約束は一週間だ。明日は日曜日で面接も受けられないだろうし、ハローワークも休みのはずだ。

約束だと火曜日でちょうど一週間になる。鈴音の部屋を訪ねたのが、火曜日の深夜だったから、水曜日まではカウントしてもかまわない。せいぜい木曜日までだ。

だが、月曜日に新しいところに面接を受けに行き、火曜日に決まって、水曜日までに鈴音の部屋を出て行くということができるのだろうか。

一週間前と、水絵を巡る状況はなにも変わってない。なにひとつだ。

水絵は下を向いて、小さな声で言った。

「あと一週間……お願いできないかしら」

昨日聞いた耕太の声が頭に甦る。

――ママを追い出さないであげて。

頭痛がひどくなる。鈴音はためいきをついた。

「悪いけど……最初から一週間の約束でしょう」

「うん、わかってる。わかってるんだけど……」

水絵は洟《はな》をすすり上げた。消え入りそうな声で言う。

「ほかに頼る人がいないの」

それを聞いたとき、ようやく繕っていた気持ちの表面がはじけた。鈴音は思わず口に出していた。

「どうしてわたしなの？」

「え？」

「ほかに頼れるところがないって言うけど、わたしだって、もう十年も会ってなかったのよ。ううん、その十年前だって、三年か四年ぶりに会ったんでしょう。わたしたちが親しい友達だったのは、高校生のときだけじゃない。それ以降は、一年に一度とか、そんなペースでしか会ってなかったでしょう」

鈴音なら、なにかに困ったからといって水絵を頼ろうとは思わない。

ほかに頼るところがないと水絵は言うけど、鈴音の家だって「頼れるところ」であるはずはないのだ。

冷酷かもしれないが、もう充分なことはしてあげたと思う。それが彼女にとっては充分でなかったとしても。

水絵は目を見開いて、鈴音を見た。

「そんなふうに思ってたの？　わたしはずっと友達だって思ってた……」

苛立ちが激しくなる。

友達だと思っていたのなら、なぜ困ったときにだけ頼ってくるのだ。

高校や大学のときの友達で、その後もつきあいが続いている子はいる。そんな子は頻繁にメールをくれたり、ときどき一緒に会ったりして、関係を繋いでいた。そういう友達に頼られれば、鈴音だってもっと力になってあげられる。

自分の調子のいいときは音沙汰なしで、困ったときだけ連絡してきて友達ぶるなんて、そんなのは自分勝手だ。

「友達だから、こうやって一週間置いてあげたでしょう。わたしがなにもしなかったみたいな言い方はやめて」

「そんなに迷惑かけてる……？　できるだけ音を立てたり、うるさくしないように気を遣って生活しているつもりだわ」

それはそんなに胸を張って言うことだろうか。水絵が鈴音との共同生活で我慢をしているからといって、鈴音がそれを考慮する必要があるのだろうか。

「ひとりで生活したいから、ひとり暮らししてるの。それはわかるでしょう」

迷惑だと言ったら、生活のペースが乱されるだけで迷惑だ。

ベッドルームで寝ることもできないし、朝も早くからテレビの音で起こされるし、リビングは水絵たちが当たり前のように占領している。

心の底からくつろぐことはできないのだ。

「はじめから一週間って言ったよね。だから一週間はいいわ。水曜日には出て行ってほしいの」

少なくとも月曜日と火曜日は面接に回れるだろう。それ以降は彼女が考えることだ。

水絵は床に手をついて頭を深く下げた。

「お願いします……あと一週間」

「やめてよ。そんなこと」

その一週間でも就職が見つからなかったら、また一週間延びるのだろうか。一週間だから耐えられたのだ。それ以上と言われたら、はじめから断っていた。

「高校のときの友達まで遡《さかのぼ》れるのなら、ほかにも行くところあるでしょう」

「ほかにもって？」

「ほら、くみや早樹《さき》や、素子《もとこ》ちゃんや、いくらでも仲良かった子がいるじゃない」

水絵はことばを探すように下を向いた。

「鈴音は……うまくいってるもの」

「え？」

「鈴音は、ラッキーで恵まれてるもの。仕事もうまくいっているし、旦那や子供に時間を取られることがないし……そんな人は滅多にいない」

はっとして、鈴音は彼女を見た。

「鈴音が脚本書いた映画、いっぱい見たわ。売れてる役者さんたちがいつも出てて、わたしとは違う世界で仕事しているようでまぶしかった」

「裏方だわ。役者さんたちと直接会うことだってほとんどないし」

もちろん、どうしても会いたいと主張すれば、会えることもあるだろうが、鈴音はあまりそういうことに興味がない。

役者は役者で、華やかそうに見えても現場は過酷な仕事だ。お互いの持ち場でちゃんとやれればいいと思っている。

「でも、収入だって普通よりずっと多いんでしょ。ほかの人とは違う」

水絵はもう一度繰り返した。

「恵まれてるわ……鈴音は」

ようやく、なぜ水絵が鈴音を頼ろうと考えたのかが理解できた。

一見派手に見える職業で、独身で、子供もいない。だから頼ってもいいと考えたのだ。

たしかに、昔の友達でも結婚している子は頼れない。ワンルームに住んでいるような子も、水絵ひとりならともかく、耕太も一緒では頼れない。

要するに「水絵なら頼っていい」と計算尽くで考えただけなのだ。

友達だと思っていたと言うが、結局はそんな理由だ。

「私はなんにもうまくいかなかった。仕事も結婚も……。だから少しくらい助けてくれたっていいじゃない」

「そんな言い方しないで。わたしだって結婚しようと思ってた彼氏と別れたし、いいことばかりじゃないわ」

「でも、時間とお金を全部自分のために使えるんでしょう。わたしは結婚してからずっと自分の時間なんてほとんどなかった。旦那の母親が同居で少しもゆっくりできなかった。耕太が生まれてからは耕太の面倒を見なきゃいけなかったし、離婚したらしたで働きながら子育てしなきゃならないし」

「あなたが大変だったのはわかるわ。でも、ラッキーだったなんて言わないで。わたしだって努力してるのよ」

こんな時間の不規則な仕事に就いていなければ、今頃結婚して、子供がいたかもしれないと思う。それはそれで、別の形の幸福で、それに憧れる気持ちもあるのだ。

だが、必死に仕事と向き合った結果として、今この場所にいる。

それを運がよかった、恵まれていたということばで、片付けてほしくはなかった。

水絵は顔色を変えた。今まで、消え入りそうだった声が急に大きくなる。

「努力ってなに？　じゃあ、わたしがなんにも努力しなかったって言うの？」

「そうは言ってないわ。でも、結婚したのも子供を産んだのも、あなたが決めたことじゃない」

「じゃあ、結婚しなかったらよかったの？　耕太を産まなかったらよかったって言うの？　わたしが今、困ってるのは、みんなわたしのせいなの？」

「ちょ、ちょっと……」

水絵は声を張り上げて訴えた。リビングの耕太にも間違いなく聞こえる声だ。

だが、水絵は鈴音の制止などかまわずに叫び続けた。

「全部わたしが悪いから、こんなことになってるの？　わたしが悪いから仕事も見つからないの？　夫に殴られるままになってたらよかったの？」

「水絵！」

肩をつかんで揺さぶると、水絵ははっと我に返り、ぺたりと座り込んだ。そのままましくしくと泣きはじめた。

口論なんかするんじゃなかった。そう後悔したが後の祭りだ。

精神的には、鈴音の何倍も水絵の方が追い詰められているはずなのだ。彼女の気持ちを刺激するべきではなかったのだ。

だが、一方で、すっきりした気持ちもあった。

さすがに水絵もこれで出て行くだろう。水絵に友情をまったく感じていないわけではないが、こんなふうに頼られるばかりでは、絶縁した方がマシだ。

耕太のことが心配になり、泣いている水絵をそのままにリビングを覗く。

耕太はテレビを見ながら、足をぶらぶらさせていた。その仕草にほっとしたのも、一瞬だけだった。

彼はまるで、人形のように表情のない顔をしていた。


翌朝、十一時くらいに起きると、水絵と耕太の姿はなかった。

どこかに出かけたらしい。そのことにほっとする。昨日口論したあとで、水絵と顔を合わすのは気まずい。

お互い大人だから、顔を合わせたからといって、すぐに口論を再開したりはしないだろうということはわかっている。

本当に言いたいことの上に漆喰《しっくい》を塗り重ねるように、お天気や日常の会話でその場を取り繕うのだと思うと、それすら気が重かった。

たしかに、今の鈴音は今の水絵より恵まれているかもしれない。だが、だからといって水絵が鈴音に寄りかかっていいという理由にはならない。

少なくとも、自分は人よりも働いている。派手な仕事のように見えるが、現実は地味なもので、毎日机に向かって、充分な睡眠時間さえとれないでいるのだ。ネットで、ひどい悪口を言われて、悔しくて泣いたこともある。

それを単に「恵まれている」とか「ラッキーだ」ということばで片付けないでほしかった。

水絵は「あと一週間」と言ったけど、それでまだ就職先が見つからなかったらどうするのだろう。彼女の就職が決まるまで、部屋を彼女に貸してやらなければならないのか。もし、就職先が見つかったって、すぐに給料がもらえるわけではないから、引っ越しだってすぐにはできないだろう。

少なくとも、昨日言ったように水絵が考えているのなら、彼女はここにいることをただ申し訳なく思っているわけではない。

鈴音が恵まれているから、助けるのは当然だと考えているのだ。一度、居座ってしまうと簡単には出て行かないだろう。

考えると気が重かった。

やはり、最初から泊めるべきではなかった。あそこで断って帰ってしまえば、それっきりだったのに、家に入れてしまえば追い出すのも大変だ。

あのとき、ファミレスで不安そうな顔をしていた耕太を思い出す。

あの日、水絵の申し出を断って帰れば、彼女はどうしただろう。

——もしかして、そのまま耕太を連れて自殺とか……。

ぶるり、と身体が震えた。だが、その可能性は今もないわけではない。鈴音が部屋から追い出したあと、耕太を連れて無理心中をするかもしれない。

たしかに、そんなことになれば寝覚めが悪い。

——やっぱりわたしが我慢して、彼女を部屋に置かなきゃならないの？

彼女が自主的に出て行ってくれればいいが、どうもそれも難しそうだ。

ぼんやりそんなことを考えている間に、時間は昼近くになっていた。

さすがに空腹を感じる。そういえば、昨夜は夕食もとらなかった。

それだけではない。昨日、頭痛のせいで無駄に過ごしてしまったから、今日は仕事をしなければならない。

幸い、頭痛はもう治まっていた。仕事場に行く途中で、なにか食べればいい。

ジーパンを穿《は》いて、必要なものをバッグに入れて家を出る。水絵になにか伝言を残そうかと思ったが、なにを書いていいのかわからなかったのでやめた。

日曜日の神楽坂はひどく混雑していた。

人の中を縫うようにぶらぶらと歩く。いつも行くビストロを覗くと、ちょうど昼時で満席だったので、あきらめて裏通りに入って、普段は空いているカフェに向かった。

カフェも満員だったが、ちょうど出て行く人がいてカウンター席が空いた。

座って、ランチプレートを注文して携帯電話をチェックする。

同じところから着信が二件入っていた。登録されていない固定電話の番号だ。

一応かけ直してみたが、相手は電話に出なかった。あきらめてメールを開く。

友人の中嶋美保子《なかじまみほこ》からメールが入っていた。彼女は高校時代のクラスメイトだ。

思い出してみる。鈴音と美保子は三年間、ずっと同じクラスで仲が良かった。水絵とは合唱部で一緒だったが同じクラスにはなったことがない。

クラスは違っても、なにかで水絵のことを覚えているかもしれない。

鈴音はメールを打ってみた。

「ねえ、古澤水絵って覚えてる？　高校のとき合唱部だった。美保子はつきあいなかったかな。彼女が今うちにいるの。仕事リストラされて、行くところがないんだって。大変だよね」

出て行ってくれそうもなくて困っている、という話はすぐにするつもりはなかった。

いくらつきあいが長くても、こういうとき女性の会話は互いを探るように進行する。美保子は水絵のことを覚えているかもしれないし、もしかしたら、鈴音の知らないことを知っているかもしれない。

もし、覚えていなくて、つきあいもないようだったらそのまま愚痴ればいい。

そうこうしているうちに、ランチプレートが運ばれてくる。携帯電話をテーブルに置いて、そのまま食事をすることにした。

美保子は結婚していて、旦那も子供もいる。

土日の昼間はたいてい子供と一緒に出かけているから、メールの返事がすぐにこないことはわかっている。

ランチプレートを半分ほど食べたとき、カフェのドアが開いて、男性が入ってきた。

その顔を見てはっとする。灘という、仕事場のマンションの男性だった。彼もすぐ、鈴音に気づいて微笑《ほほえ》んだ。

ほかの席はすべて埋まっている。自然に彼は、カウンターの鈴音の隣に座った。

「よくこられるんですか？　ここおいしいですよね」

そう言われて鈴音は頷いた。メニューはさほど多くはないが、日替わりのランチプレートはおいしい。

「あのマンションにお住まいなんですよね」

そう聞くと、彼は笑って頷いた。

「この前は、大変でしたね。悪いいたずらをする人がいるものですね。結局、昨日までオートロックは解除されたままでした」

「そうだったんですか？」

あの日は部屋から出ずに仕事をして、翌朝に帰った。昨日は一日仕事場にはこなかったから、それは知らない。

「旅行にでも行かれてたんですか？」

そう尋ねられて首を振った。

「わたし、あのマンションは仕事部屋として借りてるんです。自由業なもので」

「ああ、そうだったんですか」

彼は、予備校の講師をしていると話した。無理に、鈴音の仕事を聞き出そうとしないところが好感が持てた。

この近くのおいしい店などの話をする。

「詳しいんですね」

そう言うと、彼は頭を掻いた。

「いや、本当は自炊すべきなんですけど、男ひとりだとどうしてもおっくうになっちゃって……」

「それはわたしも一緒です」

鈴音も、まったく料理ができないというわけではない。得意ではないが、喜んで食べてくれる人がいれば一生懸命頑張る。

だが、自分のためだけに作る気にはなれない。

やはり彼もひとりもののようだ。

「よかったら、今度食事でも行きませんか。ひとりだと食べにくいもの……焼き肉とか、中華とか」

灘は、少しはにかみながらそう言った。

「ええ、ぜひ」

携帯番号を交換して、一緒に店を出た。仕事場のマンションからこの店までは歩いて三分くらいだ。

灘がオートロックを解除し、一緒にエレベーターに乗る。彼はまた五階で降りていった。鈴音は七階で降りる。

朝から引きずっていた暗い気持ちが少し晴れるのを感じた。


前日、ゆっくり休んだせいか、今日の仕事は順調に進んだ。

コーヒーメーカーでたっぷりコーヒーを淹れ、それを何杯も飲みながら書く。身体にはよくないと思うがやめられない。

まあ、煙草は吸わないし、深酒をするわけでもないからいいだろう、と自分に言い聞かせる。

帰って、また水絵と口論になるのも気が重い。今日は仕事場に泊まるつもりだった。

いっそのこと、あとしばらく水絵を家に置いておいて、自分は仕事場で生活してはどうだろう、などと考える。仮眠用のソファベッドはあるし、もともと料理を作るわけではないから、キッチンが狭いことは大した問題ではない。

仕事ができて、眠ることができれば、当座はなんとかなる。たぶん、彼女と同じ部屋で生活するよりはストレスが溜まらないだろう。

だが、そこまでする必要があるのだろうか。

水絵はしおらしく見せているが、それでもかなり頑固なことがわかった。

結局、まだ出て行くとは言っていない。このまま、なし崩しに居座られる可能性も高い。

自宅まで明け渡せば、それが当たり前のような顔をするかもしれない。

鈴音の部屋は分譲だが、立地と間取りを考えると、家賃は少なくとも十五万円、もしくは二十万円近くしてもおかしくない。

それを水絵にまるまる貸してあげる気持ちにはなれない。かといって、仕事場にも大切な資料がたくさんあるから、こちらを貸すわけにはいかない。

考えると頭が痛いことばかりだが、とりあえず今日は筆が乗っている。

問題は頭の隅に追いやって、仕事に集中することにした。

いつの間にか外は暗くなっていた。パソコンの時計を確認すると、夜八時を過ぎていた。

そろそろ夕食の時間だが、出かけるのもおっくうだ。いつもの中華料理店から出前を取ることにする。

ひとり分では持ってきてくれないからチャーハンを余分に頼む。届いたチャーハンはラップに包んで冷凍し、近いうちにまた食べればいい。

料理はうまくならないが、こんなつまらない生活の知恵ばかりが身についてくる。

電話をしようとして、携帯電話を手に取ったとき、ちょうど電話が震えはじめた。

確認すると、水絵からだった。

「はい、わたしだけど」

まるで泣き出しそうな声が言った。

「耕太が熱を出して……この近くに救急病院はないかしら」

「熱？　何度？」

「三十九度……」

息を呑む。それは子供にしてもかなりの高熱だ。

さすがに日曜日の夜では、普通の病院はやっていない。

「ちょっと待って」

ネットに接続して、近くの夜間救急診療センターを探す。その電話番号と場所を水絵に伝えた。

「ありがとう……行ってみるわ」

そう言って電話は切れた。

鈴音はもう一度パソコンの前に座った。だが、仕事をする気は失せていた。

三十九度の熱なんていったいどうしたのだろうか。単なる風邪ですぐに下がるのならいいのだが、それにしては高熱だ。

うつろな顔をして椅子に座っていた耕太のことを思い出す。

子供がなにもわかっていないというのは、大人の思い込みだ。彼らは自分のまわりの出来事に、ちゃんと気がついている。

鈴音はパソコンの電源を切った。部屋に帰るつもりだった。

鈴音が戻ったときには水絵はまだ部屋にいた。

寝室のベッドの上で、耕太はぐったりと目を閉じていた。息が荒い。

「ごめんなさい。仕事中だったんでしょう?」

「ええ、でも今日ははかどったから大丈夫」

鈴音は上着を脱いで、ラックにかけた。バッグをテーブルに置く。

「大人用だけど、冷却シートあるわよ」

「本当?　助かるわ」

常備薬を入れている引き出しから、冷却シートの箱を出して、水絵に渡す。彼女は一枚取り出して、耕太の額に貼った。少し大きめだが、問題はなさそうだ。

解熱剤もあるが、さすがにこれは大人用を子供に飲ませるわけにはいかない。量を減らせばいいという問題ではないだろう。

「救急病院には行かないの?」

「電話して聞いたら、今行っても二時間待ちだっていうから……」

そういえば、夜間の小児科はいつも人でいっぱいだと、どこかで聞いたことがある。子供はもともと熱を出しやすいものだが、昼間働いている母親なら、異常に気づくのは夜になるだろう。

幼稚園や保育園で熱を出しても、病院に連れて行くのは家族だから、結局夜間救急病院に頼るしかないのかもしれない。

「熱はまだ?」

「三十九度五分……」

もうすぐ四十度だ。耕太はだるそうに、寝返りを打っている。

「救急車呼ばなくていいの?」

「熱はあるけど水分はちゃんと摂れるし、意識もはっきりしているから、救急車だと断られると思うわ」

「そうなの?」

水絵はタオルを濡らして、耕太の首筋の汗を拭ってやった。手慣れた仕草は間違いなく母のものだ。たぶん、これまでに何度も同じような夜があったのだろう。だからといって、不安でないはずはないけど。

そういえば、食事をとらずにきてしまったことを思い出す。出前を頼もうとしたときに、ちょうど電話がかかってきたのだ。

「どうしよう。わたし、なにか夕食買ってこようと思うけど、水絵はどうする？」

「私は耕太のために作ったうどんを半分食べたからいいわ。その代わり、スポーツドリンクとりんごジュースを買ってきてもらえる？」

「ええ、かまわないわ」

耕太のことは心配だが、鈴音がそばにいたからといってなにもできないだろう。

財布と携帯電話を持って部屋を出て、よく行く総菜屋へ向かう。日曜日の夜のせいか、遅い時間なのに子供連れをときどき見かける。

不思議なことに、精神状態によって見える景色はいつも違う。

普段なら行き交う人たちは単なる書き割りにしか見えない。男であろうが女であろうが、カップルであろうが、子供連れであろうが。

ただ、不安な気持ちに苛まれているとき、通りすがりの人々の顔がやけに景色から浮き上がってくるのだ。

どの人も鈴音が選ばなかった人生の写し絵だ。そんなことまで考えてしまう。

夫と一緒に子供の手を引いて歩く母親は、幸せそうな顔で笑っているけど、彼女と水絵の間にどんな違いがあったというのだろう。

ためいきをひとつついて、人混みに紛れた。

総菜屋の品揃えはすでに残り少なくなっていた。普段は量り売りなのに、すでにパックに詰められて、好きな量だけ買うことができない。

おにぎりと、カボチャの煮物やコロッケなどを適当に籠に入れた。多めに買っておいたら、水絵も食べるかもしれない。会計を済ませてから、スーパーにまわりスポーツドリンクとりんごジュースを買った。

帰ると、水絵は疲れた顔でダイニングテーブルの椅子に腰を下ろしていた。

「スポーツドリンク買ってきたわ」

ペットボトルを二本出すと、水絵は力なく笑った。

「ありがとう。お金、後で払うわ」

「いいわよ。そんな」

耕太が病気なのに、そんなことまで言いたくはない。冷蔵庫にペットボトルをしまいながら尋ねた。

「耕太はどう?」

「眠ってるわ。熱はまだ下がらないけど……」

「こういうことってよくあるの?」

水絵は小さく頷いた。

「そうね。ときどき。さすがに四十度までは滅多にないけど……やっぱり最近は生活が不安定だから、耕太もいろいろつらいのかもしれない」

心臓がずきりと痛んだ。

自分は水絵と耕太に、一時的な安定を与えられる。「仕事が見つかるまでこの部屋にいていいのよ」と言うだけでいいのだ。仕事場は別にあるから、仕事に悪影響はないはずだ。

だがわからない。人はどこまで人に優しくすべきなのだろう。

正直なところ、彼女たちと一緒に暮らすのはストレスで、早く出て行ってくれたら、としか思えない。もっと自分が優しければ、彼女たちを快く迎え入れてあげられるのだろうか。

水絵はぽつんと言った。

「ごめんね、迷惑かけて……」

「いいわよ。そんなこと」

たとえ、今夜中に熱が下がったとしても、明日、水絵はハローワークに行けないだろう。鈴音が家で仕事をして、耕太の看病をすることも考えたが、やはり母親ほどは気を配れない。耕太だって落ち着かないはずだ。

鈴音は買ってきた総菜を広げた。

「よかったら一緒に食べない？　量り売りで買えなくて、ちょっと多めになっちゃったから。うどんだけだったら物足りないでしょ」

箸を二膳出して、食事をはじめた。水絵はほうれんそうのごま和えと、カボチャの煮付けを少し食べただけだった。

鈴音が食べ終わるのを待たずに、「耕太を見てくるわ」と言って立ち上がり、コップにりんごジュースを注いで、寝室に向かった。

さほどおいしいとも思えないまま総菜を食べ終わり、パックを洗ってゴミ箱に捨てる。時計を見ると十時近くになっていた。

寝室に行くと、水絵はベッドの隣にしゃがみ込んで体温計を見つめていた。耕太は起き上がって、ストローでりんごジュースを飲んでいる。目の焦点が合っていないような、妙な顔をしているし、顔も少しむくんでいる。

痛々しくてひどく胸が騒いだ。

「熱はどう?」

「まだ下がらない。三十九度四分」

「ねえ、なんだったらタクシーで救急病院に行こう。その方がきっといいよ。タクシー代はわたしが出すから」

水絵は驚いた顔で鈴音を見上げた。

「でも、悪いわ」

「大丈夫よ。それに耕太のことが心配だもの。肺炎とかかもしれないし」

水絵は少し躊躇したが、耕太の顔を覗き込んで聞いた。

「病院行くけど、立てる?」

耕太はこくりと頷いた。水絵が耕太を着替えさせている間、鈴音はインターネットで調べた近くの救急病院に電話をかけた。

一件目は二時間ほど待つと言われ、二件目でも時間がかかると言われた。三件目でようやく、二十分ほど待てば診察できると言われ、ほっとする。

家からは少し遠くなるが、まあタクシーで二千円くらいだろう。

「どうだった?」

自分も支度を済ませた水絵が出てくる。

「二十分で診てくれるところを見つけたわ。そこでいいでしょう」

本当は行ってすぐに診察してもらえるのがいちばんいいが、それは難しいだろう。

「ええ、そのくらいなら……」

鈴音は部屋着に着替えていないから、そのまま外出できる。化粧はしていないが、まあそれは仕方ない。

タクシー会社に電話をして、マンションの前まできてもらうように頼んだ。

耕太はソファに座ってぼんやりしている。

「大丈夫? つらい?」

耕太はかすれた声で「だいじょうぶ」と言った。つらい、と言わないところがよけいに可哀相に思えてしまう。

五分ほどで着く、とタクシー会社に言われたので、時間を見計らって階下に降りた。エントランスのベンチに耕太と水絵を座らせておいて、タクシーがくるのを待つ。

三分遅れでタクシーはやってきた。耕太たちを後部座席に座らせ、鈴音は助手席に座った。病院の名前を言う。

車は夜の道路をスムーズに走っていく。タクシーのオレンジ色のライトが、いくつも窓の外を泳ぐようにすり抜けていった。

耕太は短い咳を繰り返している。小さな子が病気に耐えているところを見るのは、胸が痛んだ。

病院に着いて、タクシー代を払った。予想したとおり、二千円を少し超えたくらいだ。

今ならこんなタクシー代くらい大したことじゃない。二、三千円の距離なら、電車があっても「疲れたから」「荷物が多いから」という理由でタクシーに乗る。

だが、まだ仕事をはじめたばかりのときは、バイトもして、ようやく食べていけるという程度の収入しかなかった。その頃は、短い距離でもひとりでタクシーになんか乗れなかった。二千円の距離を往復すれば、それだけで一日分のバイト代が消し飛ぶのだ。

たぶん、今の水絵の金銭感覚も同じようなものだろう。

いや、バイトで暮らしていたときも鈴音はアパートの家賃は払えた。水絵はきっともっと切羽詰まっている。

受付を済ませて、待合室で待つ。病院の建物は古びていて、天井がやけに高かった。空間が広いせいか、肌寒い。

「ねえ、鈴音、ごめん。小銭がないんだけど、耕太にスポーツドリンク買ってやってくれないかしら」

おずおずと水絵が言う。

「いいわよ。水絵もなにか飲む？　わたしも缶コーヒーかなにか買うけど」

「じゃあ、あたたかいお茶で……」

自動販売機で飲み物を買って、耕太と水絵に渡す。缶コーヒーなど普段は少しもおいしいとは思わないのに、ひとくち飲むと気持ちの強ばりがほぐれる気がした。熱くて甘い飲み物はそれだけで気持ちを楽にする。


三十分ほど待たされて、やっと耕太が診察室に呼ばれた。水絵はついて行ったが、鈴音は待合室に残った。

まわりには、耕太と同じように熱を出した子供たちがたくさんいた。待たされて苛立っている母親もいて、重い空気が待合室に充満していた。

先ほどから、走り回ったり、ソファに上がったりする耕太と同じくらいの少年がいて、待合室の冷たい視線が彼に注がれていた。

どうやら、母親は妹を連れてきているようだった。おかっぱ頭の可愛らしい女の子が熱でむくんだ顔をして、母親にもたれかかっていた。

少年は退屈なのか、先ほど妹の頬をつねって泣かせて、母親に叱られていた。

その鬱憤を晴らすかのように、待合室を走り回っているのだ。

母親は、その子が妹を苛《いじ》めない限りは、叱る気がないようだった。むしろ、勝手に遊んでくれた方が楽だと考えているようにも見えた。

鈴音の隣には、赤ちゃんを抱いている夫婦がいた。先ほどから子供をにらみつけていることには気づいていたが、若い夫が聞こえよがしにつぶやいた。

「元気な子は家に置いてくりゃあいいのに」

かすかな不快感が胸に宿った。

だが、鈴音だって少し前ならそう思っただろう。静かな場所に、子供を連れてくる母親に腹を立てたことも、一度や二度ではない。

だが、今では思う。あの母親には、ほかに子供を見てくれる人がいないのかもしれない、と。

シングルマザーかもしれないし、離婚したのかもしれない。そうでなくても夫が出張や夜勤ならば子供は見てもらえない。まだ小学校に上がるか上がらないかの子供をひとりで家に置いておくことなどできない。

文句を言った夫婦は、ふたりでひとりの赤ちゃんを連れてきている。さっき夫が車のキーを弄《もてあそ》んでいたから、夫が車を運転して連れてきたのだろう。

それが恵まれた環境であることに、彼らは気づいていなかった。同じように子供を持つ親なのに。

たしかに、病気の子供がいる待合室で、元気な子供が走り回っているのは迷惑だ。もし、あの母親がほかに見てくれる人がいるのに兄を連れてきたなら、考えなしだと思う。だが、ほかに見てくれる人がいなければ、連れてくる以外に選択肢はない。

強いて言うのなら、子供が走り回らないように注意すべきだが、病気の娘のことが心配で、そこまで気が回らないのだろう。

たぶん、水絵と再会しなければ、こんなふうに考えることはずっとなかっただろう。子供がいる友達も多いが、恵まれている立場の人ばかりだ。

——感謝しなきゃいけないのかも……。

自分の視線が一方的なものだと教えてもらったのはありがたいことだ。

しばらくして水絵と耕太は戻ってきた。

「風邪をこじらせただけみたい。インフルエンザも陰性だって」

医師に診察してもらってほっとしたのだろう。水絵の顔はさっきより明るい。

そこからまた、会計と薬をもらうために待たなければならないようだ。病院というのは本当に待ち時間が長い。

「ごめんね。家で寝てたら治ったのかも……」

「そんなこと気にしなくていいわよ。『病院に行こう』って言ったのはわたしだし。もしかしたら、ってこともあったんだから」

無駄金を使ったとは思わない。医師に診てもらえば、少しは安心だ。

薬が出るのを待っている間、鈴音は考えた。

耕太の熱がいつ下がるかはわからない。たとえ、深刻なものではなかったとしても明日か明後日までは安静にした方がいいはずだ。熱が長引く可能性もある。

時計はすでに十一時四十分を指している。日曜日がもうすぐ終わる。

どう考えても、あと二日で水絵が新しい仕事と部屋を見つけて出て行くことなど不可能だ。

決心して、鈴音は口を開いた。

「ねえ、水絵」

「なあに?」

「こんな状況だし、あと一週間はいてもいいわよ。それからのことはまた相談しましょう」

水絵の目が大きく見開かれた。

「本当？　助かるわ。すごく、すごく助かるの」

水絵は両手で鈴音の手をぎゅっと握った。

「ありがとう。本当に感謝します。鈴音は私と耕太の恩人だわ」

「やあね、そんなの大げさ」

苦笑いしながら、鈴音は心の中で繰り返していた。

――これでよかったんだよ……ね。

口に出してしまうと、うまく乗せられてしまったような、丸め込まれてしまったような違和感がどっと押し寄せてくる。

だが、こんな状況で「水曜日までに出て行って」などと言えるはずもないし、言ったら言ったで後々まで後悔するだろう。

薬をもらって、外に出た。客待ちするタクシーが何台か並んでいたから、先頭のタクシーに乗って家の場所を告げる。

心配事が消えてほっとしたのだろう。水絵は耕太の頭を撫でながら、鈴音に話しかけた。

「私ね、高校のときがいちばん楽しかった」

唐突なことを言われて、助手席から後ろを見る。

「友達もたくさんいたし、なんにも心配なことなんかなかった。将来、なにになりたいかなんて考えなかったけど、未来にはいいことばかりがあふれているんだと信じてた」

鈴音は戸惑いながら彼女の話を聞いていた。

鈴音にとって、高校時代はそんないいものではなかった。女子高だったから、女同士の派閥争いは陰湿だったし、毎日制服ばかりでおしゃれもできなかった。

鈴音の両親はそんなに裕福ではなかったから、着ているものも持ち物も、クラスの女の子たちと比べては落ち込んでばかりいた。もちろん、そんなことで両親を恨んだりはしなかったけど、どうして自分はお金持ちの家に生まれなかったのだろうとは何度も考えた。

今思えばちっぽけな悩みだ。

だけどほかにも、太っていてニキビだらけだったことや、友達との関係がうまく築けなかったことなど、頭の中を掘り返せば嫌な記憶ばかりが出てくる。

水絵はどこか気怠《けだる》げにつぶやいた。

「わたしの人生、あそこが頂点だった」

「やめてよ」

思わず口が動いていた。水絵は驚いた顔でこちらを見た。

「まだ、水絵の人生は終わったわけじゃないし、これからいいことだってたくさんあるわよ。それに、なにより耕太くんがいるじゃない」

強い苛立ちにまかせるように、鈴音は喋り続けた。

「水絵がこの先、素敵な男性に会えるとかそういうのは安請け合いできないけど、耕太くんはいい子じゃない。絶対にいい男になるわよ。耕太くんにはこれからいいことがたくさんあるはずだし、それを見続けるのはそんな悪いことじゃないでしょう。あそこが頂点だったなんて言わないで」

たぶん、この苛立ちは自分の持っていないものを持っている水絵への苛立ちだ。

水絵は鈴音が恵まれていると言ったし、今の時点では冷静に考えてもたしかにそうだろう。だが、それでも水絵は鈴音の持っていないものを持っている。

二十年後、立場はまるで逆転しているかもしれない。水絵には頼りになる立派な息子がいて、鈴音は仕事もうまくいかなくなって、たったひとりのままでいるかもしれないのだ。

別に将来の面倒を見てもらうために子供を育てているわけではない。だけど、子供を通して見る未来はまぶしくて、それが羨ましくて仕方なかった。

鈴音が口を閉ざしても、水絵はなにも言わなかった。

振り返ると、彼女は口を手で覆って泣いていた。


家に帰って、耕太に解熱剤を飲ませた。また水分を摂らせてベッドに寝かせる。

普段寝る時間に比べれば、そんなに遅いわけではないが、いろいろなことがあって疲れてしまった。

風呂の準備をしてから、やっと携帯電話をチェックした。病院ではメールを打つのもはばかられたから、しばらく放置していた。

中嶋美保子から返信があった。

「古澤さん、覚えてるよ。鈴音ってそんなに仲良かったっけ？　卒業してからはほとんどつきあってないよね。大丈夫？　あの子って手癖が悪くて有名だったじゃない。何度も万引きで捕まってたし、修学旅行で同じクラスの子の財布盗んで大問題になったりして……覚えてない？」

息が止まるような気がした。メールはまだ続いていた。

「もちろん、それから変わったかもしれないけど、気をつけた方がいいんじゃない。おせっかいだったらごめん。またごはん食べようよ。暇になったら連絡して」

そんなことがあっただろうか。必死で記憶を探るが思い出せない。

美保子とは高校からずっとつきあっているし、彼女のことならよく知っている。いわれのない悪口を言うような子ではない。

水絵がクラスでどんな扱いを受けていたのかは知らない。だが、合唱部では特に嫌われているような様子はなかった。みんなといつも楽しげにお喋りをしていた。

だが、すぐに思い出す。合唱部にいたのは、みんなおっとりした女の子たちばかりだった。派閥争いに積極的に関わったり、だれかを苛めたりするような子はひとりもいなかった。だから、鈴音もクラブでは楽しく過ごせたのだ。

震える手でメールを打ち返した。

「ごめん、本当に覚えてないの。もし、詳しいこと覚えてたら教えてくれる？　だれかほかの子と勘違いしているわけじゃないよね」

メールはすぐに返ってきた。

「うーん、勘違いじゃないと思うけど、もう二十年前だからちょっと自信なくなってきた。ちょっとゆかりんに確認してみる。ゆかりん、彼女と同じクラスだったはずだから」

岸本《きしもと》ゆかりも、同じく高校のときの友達だ。美保子ほどではないが、彼女ともずっとつきあいが続いている。

「お願い。でも、一応貴重品は全部仕事場に置いてあるから大丈夫だよ。気をつけてる」

メールを返信して、携帯電話を閉じた。

もちろん、高校生のときに万引きをしていたからといって、大人になってからも盗癖があると考えるのは、安易だ。十代の頃は、倫理観もまだ未成熟だから簡単に悪いことに手を染めてしまう。鈴音だって、学校をサボってゲームセンターで遊んだり、煙草を吸ってみたことならある。

でも、万引きで何度も捕まる、というのは少しレベルが違う気がした。ちょっと悪いことをしてみただけなら、一度捕まればやめるはずだ。ましてや、同じクラスの子の財布を盗むというのは全然違う。

万引きというのは、被害者の顔が見えないから簡単にできるのだ。

もちろん盗まれた店は被害を受ける。書店などは、一冊の万引きがあると、九冊同じ本を売らなければ、その損害を埋められないと聞いたことがある。

だが、高校生の頃にはそんな経済のしくみなどわからない。店にある商品はだれのものでもない。そう思うから簡単にポケットに入れてしまえる。

だが、同級生の財布を盗むというのは、そういう軽さとはまた違う犯罪だ。

急に不安になってきた。

最初の数日は気をつけていたが、水絵がいることにも慣れ、財布の扱いは次第にぞんざいになってきている。

一緒に住んでいるというのは、かなり隙のある状態だ。お風呂に入っている間なら、いくらでも勝手に財布を開けることができる。正直、一万円札を一枚くらい抜き取られてもわからない。

――まさか……ね。

鈴音は水絵に親切にしてあげているのだ。まさか恩を仇《あだ》で返すようなことはしないだろう。

それにもし泥棒がばれたら、この家を追い出されるのだ。今は住まいを確保する方が大切なはずだ。

そう自分に言い聞かせる。だが、いろんな可能性が頭に浮かぶ。これも職業病だ。

たとえば、クレジットカードの番号や期限をメモしておけば、あとになってインターネットで買い物をすることもできる。

水絵が出て行ってから期間が空いていれば、彼女がしたことだとは思わないだろう。

またメール着信音がした。

「美保子です。ゆかりんに確認したけど、覚えていたよ。修学旅行のとき、旅館の部屋が同じ子の財布を盗んだのは古澤さんだって。その子の財布が古澤さんの鞄から出てきたんだけど、古澤さんは『自分がやったんじゃない。私は苛められていて、だれかが財布を入れたんだ』と言い張ったせいで、担任がそれを信じて、クラス全員が叱られたからよく覚えているんだって」

疑問に思ったことをメールで尋ねる。

「ありがとう。でも万引きしてたのに、よく担任の先生が信じてくれたね」

「たしか万引きしてたことが有名になったのは三年になってからだから……。それまではお店で捕まっても、家にだけ連絡させて学校には連絡しないように頼んでたんだって。でも三年になってから、同じクラスだった子の文房具屋で万引きしたせいで、それで学校中にばれたんだよね。鈴音、本当に知らなかったんだ」

それに関する返信を打とうとしたときだった。

「鈴音?」

水絵の声に勢いよく振り返ると、彼女がすぐ後ろに立っていた。

「お風呂沸いているけど……どうする?」

驚きのあまり、携帯電話を取り落としてしまった。彼女がしゃがんで拾おうとするのを、あわてて先に拾った。

「ごめん。先に入ってくれる? まだしなきゃならないことがあるから」

「うん、じゃあお先にいただきます」

水絵はにこやかな顔でリビングを出て行った。

まだ心臓が早鐘のように打っている。大丈夫、と自分に言い聞かせた。

後ろに立っていたからといって、メールの中身までは見えなかったと思う。見ていたら、もっと動揺するか、険しい顔をしていたはずだ。

鈴音はもう一度携帯電話を開いた。

バスルームからは彼女が入浴する水音が聞こえてきた。

第四章

高校生の頃の記憶は、水の底に沈んだように曖昧だ。

鈴音が冷淡なのかもしれないが、先生の名前もはっきりとは思い出せない。なのに、鞄にぶら下げていたマスコットだとか、大げんかしてしまったときの友達の泣きそうな顔だとか、修学旅行で二時間だけ一緒に歩いた他校の男子の顔なんかはひどく鮮明に思い出せる。

その、いくつかのパーツにすぎない記憶は頭の中でばらばらに散らかっていて、時系列に沿って並べることすらできないのだ。

水絵のことを思い出してみる。

彼女はその名のとおり、澄んだ水のようなソプラノを持っていた。合唱部の中でも、彼女の声の美しさは抜きんでていた。高い声の出なかった鈴音は、彼女の声が羨ましくて仕方なかった。

色白で、髪と瞳の色が薄いことも羨ましかった。鈴音にはないものばかりを持っていた。

だが、たしかに言われてみれば彼女が、クラスの友人と一緒にいるところを見たことがない気がする。登下校時の彼女はいつもひとりだった。

あれはやはり、クラスで孤立していたからだろうか。

思い出すことがある。彼女はときどき、家族や親戚のことを自慢していた。お父さんが大学教授だとか、おばさんが有名な画家で、ルーブル美術館も顔パスで入れるのだとか、親戚に小説家がいるとか。

鈴音は水絵に憧れていたこともあって、「すごいなあ」と素直に聞いてしまったけど、今思えば、あまり整合性のない話ばかりだった。

注目を集めたいがための嘘のような気もするし、たとえ本当でもあまり女の子たちには好かれないだろう。

クラスで孤立したから、そうやって自分を武装したのか、見栄っ張りだからクラスで嫌われはじめたのか。鶏が先か卵が先かのような話だ。

バスルームの扉が開く音がして、鈴音は弄んでいた携帯電話をテーブルに置いた。水絵が風呂から上がったらしい。

考えても仕方がない。高校生のとき、そんな悪癖があったとしてもちゃんとした大人になっている可能性だってある。不良だった男の子がよき父親になった話なんて、いくらでも聞くではないか。

洗面所からはドライヤーの音が聞こえてくる。なんとなく彼女と顔を合わせづらくて、鈴音は自室に移動した。

人に優しくするのは、思っていたほど簡単じゃない。

たとえば、人の喜ぶ顔が見たくて手土産を買っていくとか、トラブルがあって落ち込んでいる友達に気遣いのメールをするくらいならば、悩む必要などない。

だが、今回のような場合、胸をどんと叩いて「私に任せて。好きなだけいていいのよ」とはなかなか言えない。そして、言えないことで息が詰まるような罪悪感も覚える。

昨夜、口喧嘩をしてしまったときには、さっさと出て行ってほしいと心から思ったけれど、今彼女が置かれている状況が厳しいものであることは、やはりよくわかるのだ。そして、彼女にほかに頼る人がだれもいないということも。

ドラマなら簡単だ。

お人好しで、優しくて、情に厚いキャラクターなら、これまでに何度も仕事で書いた。そういうキャラクターは、たとえはじめて会った人でも自分のことを顧みず、全力でその人の力になろうとする。結果裏切られ、傷つくことがあっても、観客たちはその主人公に共感するのだ。

だが、現実はそんなに簡単じゃない。

鈴音は鈴音の仕事や問題を抱えている。家と仕事場を分けているのも、決して安くないお金で都心のこのマンションを買ったのも、自分の身の回りを快適にして仕事に労力を割《さ》くためだ。

水絵は「鈴音は恵まれている」と言った。恵まれているから頼ってもいいと考えられるのはやはり不愉快だ。

いろんなことがありすぎて疲れた。鈴音は隅に畳んであった布団を敷いて、ごろんと横になった。

リビングから水絵の声がした。

「お風呂、お先でした。入ってね」

「うん、お休み」

そう言ったのに、水絵が引き戸の前でまだたたずんでいる気配がする。

なにか話したいことがあるのかもしれないが、鈴音はもう疲れている。水絵とはどんなに話し合ってもきっと平行線で、だからこそあまり話をしたくなかった。

「あ……あのね」

言いにくそうな声が扉の向こうから聞こえる。

「お風呂のお湯、抜かないでほしいの。明日洗濯したいし、残り湯の方が温度が高くて汚れが落ちるから」

なんだ、そんなことか、とほっとする。

「わかったわ」

鈴音は洗濯物の汚れ落ちのことなんて考えたことがない。だいたい、スポーツをするわけでもない大人の服なんてそんなに汚れない。洗剤だって少量でいいくらいだ。

実家の母はきれい好きだったが、温度の高い湯で洗うということより、人の入ったあとの湯で洗濯することを嫌がって、水道水で洗っていた。環境のことを考えると、たしかに残り湯も有効利用した方がいい。

だが、彼女はまだ扉の向こうにいる。戸惑いながら布団から起き上がった。

「あのね……今日……」

「なあに?」

「いろいろありがとう。本当に心強かった」

そう言うと、水絵はリビングを出て行った。

だれも頼る人がいないのは、どんな気分だろう。

少なくとも、鈴音にはまだ実家の両親がいる。つまらないことで頼ることはできないが、本気で困れば助けてくれるだろう。

今は貯金もあるから、それも心強い。そんなに多くはないが、少なくとも一年くらいは働かなくても生きていける。

だが、もし、自分に貯金がなくて、頼る人もいなくて、それなのに守るべき子供がいたとしたら。

考えるだけで心が押しつぶされてしまいそうになる。

お風呂から上がって、部屋に戻ると携帯電話にメールが入っていた。米澤茉莉花からだった。

「鈴音ちゃん、忙しい？　よかったら明日のお昼か夜、ごはんかお茶かしない？」

うれしくて、すぐに返信する。

「今、そんなに立て込んでないからいつでもいいよ」

返事はすぐにきて、明日の昼に待ち合わせすることになった。

水絵以外の人と話をして今の状況を愚痴れば、少しは気持ちが楽になるだろう。ひさしぶりにおいしいものも食べたい。

耕太の熱は下がっただろうか。少し気になったが、水絵がついているから大丈夫だろう。

鈴音は布団の中にもぐり込んだ。疲労のせいか、枕に頭を置くと同時に睡魔が押し寄せてきた。

翌朝のことだった。朝と言っても九時は過ぎていただろう。鈴音は、水絵の声で目を覚ました。

「鈴音……、ねえ、鈴音」

布団から顔を上げると、水絵が引き戸を開けて中を覗き込んでいた。目を擦《こす》りながら身体を起こす。

「なあに……」

不機嫌そうな声になっているのは自分でもわかるが、仕方がない。

「お願いがあるんだけどいい？」

パジャマの上にカーディガンを羽織って、布団から出る。

「なによ」

「耕太、熱は下がったみたいなの。それでできれば私、今日面接に行きたいんだけど……」

鈴音は驚いて、水絵の顔を凝視した。

その「できれば」というのはどういう意味だろう。耕太をひとりで家に置いておくのは元気なときでも不安だし、しかも今は病み上がりでまた発熱するかもしれない。

鈴音の勘違いでなければ、鈴音に家にいろと言っているように思えた。

おそるおそる尋ねてみる。

「そりゃあ、面接に行くのは水絵の自由だけど、耕太くんひとりで大丈夫？」

水絵は困ったような顔をした。あきらかに自分が予想していない答えが返ってきたという顔だ。

まさか、鈴音が「じゃあ、わたしが耕太くんの側《そば》についていてあげる」と言うと思っていたのだろうか。

じわりと、不快感がこみ上げる。昨日、耕太のためにタクシー代を払い、一緒に病院に行ってあげたのは事実だが、だからといって耕太は鈴音の子供でもないし、甥《おい》っ子でもない。彼のために、自分の予定を拘束されるような義理はないのだ。

「その……鈴音、忙しいかしら。仕事なら家でできない?」

「悪いけど、今日は約束があるの」

そう言うと、水絵はまた困った顔をした。あきらめるでもなく、引き戸のところにたたずんでいる。

彼女のこういうところが嫌だ、と鈴音は思った。

お願いならば、ちゃんと口に出して「耕太を見てもらえないだろうか」と頼むべきだし、それで断られたらすぐに引き下がるべきだ。

困ったような顔をして、黙ってこちらを見ているなんて、まるで鈴音がなにかをしてくれると期待しているようだ。

だからあえて、鈴音もなにも言わない。

こういう人はときどきいる。女性でも男性でも、薄ら笑いだとか困った顔とかで事態が解決すると思っているのだ。

「着替えるから、そこ、閉めてくれない？」

「あ、ごめんなさい」

そう言って引き戸が閉まる。ほっとしてためいきをついた。

だが、着替えてメールのチェックをしていると、また水絵が話しかけてくる。

「ねえ、もう着替え済んだ？」

まだなにか話があるのだろうか。戸惑いながら引き戸を開けると、彼女はまだそこに立っていた。

「ねえ、その約束って何時くらい？　面接の時間をずらしてもらえるかどうか聞こうと思っているんだけど」

鈴音は困惑を隠せず、水絵の顔を見た。鈴音の不機嫌に気づいたのか、水絵はあわてて言った。

「ほら、早く仕事を決めないとここから出て行けないし……鈴音が困るでしょ」

ひとこと多い。いや、ことばの選び方が悪いと言うべきなのだろうか。

「ここから出て行けない」と彼女は言ったが、居候を許しているのは鈴音の厚意であって、出て行ける、行けないの問題ではない。しかも、仕事を探しているのは水絵自身のためだ。

鈴音のせいになんてしてほしくない。

だが、言葉尻をとらえてごちゃごちゃ言っても、また口論になるだけだ。

鈴音は、あきらめて携帯電話を取った。茉莉花に電話をして予定の変更を頼む。

夜にしてほしいと言うと、茉莉花は快く承諾してくれた。電話を切る。

「予定は夜になったわ。六時に出て行くからそれまでに帰ってきてね」

水絵はぱっと明るい顔になった。

「ありがとう、助かるわ」

その代わり、協力したんだからさっさと就職を決めて出て行ってほしい。その気持ちはそのまま呑み込んだ。

彼女は、うきうきとした様子で化粧をはじめていた。


結局、その日仕事をするのはあきらめた。

仕事に必要な資料も、仕事場に置いてきてしまった。いつもは気が向いたら家のパソコンでも執筆ができるように、とUSBメモリーに書きかけの原稿を入れて持ち歩くのだが、昨日は急いで帰ってきたのでそれも忘れてしまった。

仕事場までは十分もかからないが、それを取りに行っている間に、耕太になにかあっても怖い。まだそんなに切羽詰まっているわけではないから、今日の遅れはあとで取り返すことができるだろう。

水絵が出て行ってから、鈴音は寝室を覗いてみた。

耕太はくうくうと気持ちよさそうな寝息を立てて眠っていた。熱は下がったと水絵は言っていたが、昨日までは四十度近い熱があったのだ。体力は落ちてしまっているだろう。

掃除でもしようかと思ったが、見ればお風呂もトイレも汚れていない。水絵が掃除をしておいてくれたのだろう。油断をすれば、すぐリビングの隅をふわふわと舞う綿埃《わたぼこり》も今日は落ちていない。

洗濯すると言っていたとおり、ベランダには洗った洗濯物が干してあった。鈴音の汚れ物も一緒に洗ってくれたらしく、並べて干してある。

鈴音は料理だけではなく家事一般が苦手だから、たしかにこういうことをやってくれるのは助かる。

もし、鈴音が男か、女を愛する女で、水絵に恋愛感情を持っていたのだったら、話は簡単だっただろう。もしくは、水絵が鈴音の好みのタイプの男性だったら。

好きな相手だったら、いくらでもサポートできる。もちろんあまりに寄りかかられるのはつらいが、彼女が困っている間なら全力で助けたいと思うだろう。

だが、現実はそうではない。

鈴音も水絵も女で、そしてお互い恋愛感情などまったく持っていない。

水絵には恋人はいないのだろうか。ふとそんなことを考える。いたなら、その人を頼るはずだから、たぶんいないのだろう。暴力をふるう男だったという夫と別れて、そのあとはだれともつきあわずに、子育てと仕事に没頭してきたのかもしれない。

気がつけば、時刻は十二時を過ぎている。鈴音は空腹を感じはじめていた。だが、昼食を外に食べに行くわけにはいかない。

――出前でも取るかな……。

鈴音は電話の側に置いてある、出前のメニューをいくつか手に取った。昨日、中華料理の出前を取ろうとしていたことを思い出した。

メニューを吟味して、ラーメンを頼むことにする。一品だけでは出前してくれないので、チャーハンと餃子を一緒に頼む。

耕太の昼食は、水絵が半分準備している。うどんの出汁《だし》を作ってあるから、茹でうどんを温めて出汁に入れ、卵を落として食べさせるようにと言われている。

鈴音は中華料理店に電話をかけて、出前を頼んだ。

出前を待つ間、耕太にうどんを食べさせようかと思い、もう一度寝室を見に行ったが、彼はまだ眠っていた。

混雑する時間だったので、出前が届いたのは一時過ぎだった。

食卓で、ラーメンのラップを取って食べはじめる。チャーハンと餃子はもう少し冷ましてから冷凍するつもりだった。

麺をレンゲにのせて、ふうふうと冷ましていると、耕太がリビングの入り口に立っていた。

一度箸を置く。

「起きた？　りんごジュースあるよ。飲む？」

彼が頷いたので、コップにりんごジュースを注いでやる。ストローを入れて差し出すと、彼はそれを持ってソファに座った。

「お母さんが、うどんの用意してくれてるからね。あとで作ってあげるね」

そう言うと、耕太は首を横に振った。

「うどんいらない」

まだ食欲がないのだろうか。不安に思いながら尋ねる。

「お腹空いてないの？　気分悪い？」

彼はまた首を横に振る。

「うどん嫌い。ラーメン食べたい」

彼の目は、テーブルのラーメンに注がれていた。少し困る。

分けてやること自体は別に嫌だとは思わない。チャーハンや餃子も頼んだから、鈴音の分がなくなるということもない。

だが、耕太は病み上がりだ。ラーメンなど食べて大丈夫だろうか。

「ラーメンはまた明日にしようか。お姉ちゃんが明日食べさせてあげる。今日はうどんにしよう」

そう言っても、耕太は激しく首を振る。

「ラーメンがいい。ラーメン食べたい」

困った。そうこうしているうちに、ラーメンはどんどんのびていく。

――本人が食べたいって言ってるんだからいいわよね……。

「わかった。じゃあ、ラーメン、お姉ちゃんと半分こにしよう」

そう言うと、耕太は目を輝かせて頷いた。やはり、子供はハンバーガーやラーメンが好きなのかもしれない。

棚から大きめのお椀を取り出して、そこにラーメンを半分取り分けてやる。少し時間が経ったせいで、火傷しないくらいに冷めている。

耕太はうれしそうにラーメンをすすった。

「おいしい！」

笑顔でそう言われて、鈴音もうれしくなる。

「そっか。よかった。でも、ゆっくり食べなさいね」

食欲があるのはいいことだ。そう思いながら、鈴音は残ったラーメンを食べた。

耕太はあっという間にラーメンを平らげてしまった。まだなにか物足りなそうにしている。

「チャーハンも食べる？」

そう尋ねると、元気よく頷く。

だから今度はチャーハンを茶碗に三分の一ほど取り分けてやった。彼は目を丸くしたまま、ガツガツとそれを食べた。

ラーメン半分とチャーハン三分の一を食べると、さすがに耕太も満足したようだった。ちょうど、鈴音も食べ終わったので、水絵から預かっていた薬を飲ませる。

耕太はちょっと嫌がったが、それでも我慢して薬を飲んだ。

「えらいぞ。お兄ちゃんだね」

そう言うと、笑顔になる。

熱を計ると、三十七度五分だった。まあ、昨日四十度だったことを思うと、このくらいでもよくなったと言ってもいい。食欲もあるようだし、心配ないだろう。

「さ、まだお熱あるから、食べたらもうちょっと寝なさい」

「もう眠くないよ。テレビ見たい」

そう言われて、考え込む。眠たくないのに寝ているのは、たしかに苦痛かもしれない。

「じゃあ、お布団持ってきてソファで寝ながらテレビ見るのは？」

「うん！」

耕太が頷いたので、彼をソファに横たえて、上から布団をかけてやった。

昼過ぎだからテレビはワイドショーかドラマばかりで子供の番組などほとんどやってない。

ケーブルテレビの子供用チャンネルに合わせてやると、彼の目がまたまん丸になった。

起き上がって身を乗り出しそうになるのを、手で押さえる。

「駄目。ちゃんと寝てなきゃ。起きるならベッドに行くのよ」

そう言うと、布団を口許まで引き上げて、くすくすと笑った。可愛いな、と思う。

耕太をソファに寝かせておいて、鈴音はダイニングテーブルで本を読んだ。

ときどき顔を上げて、耕太を見る。

耕太はしばらくアニメを見ていたが、いつの間にか寝息を立てていた。


水絵が帰ってきたのは六時近くになってからだった。

「ごめんなさい。遅くなって」

見れば、髪がきれいに整っている。美容室へ行ってきたようだ。

――いいんだけどさあ……。

鈴音はまた苛立ちを心の中に抑え込んだ。もちろん、普段耕太と一緒なら美容室には行けないだろう。託児室のあるハローワークに通っていると聞いたが、そこで預かってもらえるのは、仕事探しをしている間だけで、美容室に行くのは難しいはずだ。

清潔感を失わないことも、職探しに重要なことはわかっている。

だが、せめて鈴音にひとことあってもいいのではないか。鈴音は自分の予定を変更してまで、耕太を見てあげたのだ。

茉莉花との約束は七時だった。その前にデパートかどこかで買い物をしたかったのに、そんな時間もない。

耕太は、夕方になってまた少し熱が上がってきた。といっても三十七度八分くらいだが、言い聞かせて寝室に行かせた。

「耕太の具合はどう?」

「元気はあるし、食欲もあるみたいだけど、またちょっと熱が出てきてるわ」

「薬は?　飲んだ?」

「飲んだわよ。大丈夫」

熱があると聞いたとたん、そわそわとして不安そうな顔になる。鈴音は少し不快に思った。だったら、出先から電話でもしてくれればいいのだ。

それに、どうしても夕方は熱が上がる。高熱が出た翌日ならなおさらだ。朝、平熱に戻ったように見えても、夕方から夜に熱が出てくるのはごく普通のことだ。

「病院……行かなくていいかしら」

「大丈夫でしょ。元気そうだったもの」

三時頃、耕太はまた少し起きて食べるものを欲しがった。クッキーをあげるとおいしそうに食べて、牛乳も飲んだ。熱はまだ残っているが、心配するほどとも思えない。

「わたし、出かけてくるわ」

そう言うと、水絵はなにも言わず、心細そうに鈴音を見た。

いってらっしゃいとも言わないから、鈴音にはいてほしいと思っているのだろう。だが、そこまでする義理はない。水絵だって出かけて、しかも美容室にまで寄ってきたではないか。

鈴音はバッグを持つと、あえて水絵の顔を見ないようにして部屋を出た。


茉莉花と待ち合わせしたのは、市ヶ谷のフレンチレストランだった。

店に入ると、彼女はもう席についてメニューを見ていた。前に座ると、ギャルソンが鈴音にもメニューを持ってきてくれる。

「ねえねえ、今日、ホワイトアスパラ入ってるらしいよ」

「本当、食べたい!」

茉莉花は美食家だからおいしいものをたくさん知ってる。ワインをフルボトルで注文し、料理を選ぶ。ホワイトアスパラガスのビスマルク風を前菜に、メインにミルクラムのロティを頼んだ。

やっと、息がつけるような気がした。自分が水絵と一緒にいるとき、息苦しく感じていたことに気づく。

なぜ、自分が息苦しさを感じなければならないのだろう。水絵が感じるのならわかる。水絵は鈴音に世話になっているのだから。なぜ、彼女に親切にしてあげている自分が、そんな窮屈さを感じなくてはならないのか。

たぶん、それは対等ではないからだ。いくら水絵が掃除や洗濯をやってくれたとしても、それはギブアンドテイクの関係にはなりようもない。

対等ではない関係は、それだけで息が詰まるものなのだ。

柔らかく甘いホワイトアスパラガスに舌鼓《したつづみ》を打ちながら、鈴音は言った。

「連絡くれて、うれしかったー。いろいろ話したいことあったんだ」

茉莉花はワインをひとくち飲んで、くすりと笑った。

「だと思った」

そのことばに驚く。

「どうしてわかったの?」

「鈴音ちゃん、例の友達、出て行った？」

「まだだけど……」

「ほら、絶対そうなると思った。一週間じゃ無理なんじゃないかなあって。鈴音ちゃん、お人好しだしさ」

お人好しということばに、鈴音はぽかんと口を開けた。自分がお人好しだなんて考えたこともない。むしろ、冷淡で情に薄いと思っていた。

「お人好しじゃないよ。わたし、どっちかというと冷たいし」

「じゃ、なんでまだその子が部屋にいるのよ」

うっとことばに詰まった。たしかに水絵を追い出せなかったのは事実だ。

「だって、子供が熱出しちゃったのよ。それなのに出てけなんて言えないでしょ。そうじゃなかったら、出て行ってもらうつもりだったけどさ」

「本当に熱だったの？」

思いもかけないことを言われて、鈴音は目を見開いた。

「熱が出たふりしたんじゃないの？　出て行かなくてすむように」

「まさか……」

「体温計見た？」

たしかにいちばん熱が上がったときの体温計は見ていない。だが、耕太はだるそうにしていた。間違いなく風邪を引いていた。

「今日は、わたしが熱計ったから間違いないよ。三十七度八分あったもの」

だが、ふいに気づく。もしかすると昨日も四十度などという高熱は出てなかったのかもしれない。せいぜい三十八度程度の熱で、鈴音を不安にさせるために嘘をついたのかもしれない。

なんの証拠もない話だ。それに耕太は本当につらそうだった。

茉莉花は真剣な顔で鈴音を見た。

「気をつけなさいよ。嘘をつく人って、本当にまったく罪悪感なしに嘘をつくんだからね」

昨日の美保子とのメールを思い出す。

水絵は嘘をついて、ものを盗む人間だった。少なくとも高校生のときには。そういう性質は変わるものだろうか、それとも二十年経っても変わらないものなのか。

茉莉花はホワイトアスパラガスを食べ終えると、フォークとナイフをきれいに揃えて置いた。

「彼氏でも作っちゃえば？　男が出入りする部屋なら、その人もいたたまれなくなって出て行くんじゃない。子供の教育にも悪いしさ」

「そんな簡単にできるものですか」

そう言いながら、鈴音の頭には灘の顔が浮かんでいた。携帯電話には彼のアドレスと電話番号が入っている。

彼に電話をしてみてもいいかもしれない。鈴音はそう考えた。


結局、新宿のバーに移動して、十二時過ぎまで飲んでしまった。

友達と笑って、お酒を飲んでくだらない話をしたおかげで、ここ数日のもやもやした気分が洗い流されたようになる。自分って本当に単純だ、と鈴音は思った。

最近見たおもしろい映画の話や、人気の美男俳優の話などで盛り上がり、カクテルを何杯も飲んだ。大いに笑って楽しんだ。

終電はまだある時間だが、深夜の電車は酔っぱらいもいて気分がよくない。さっさとタクシーをつかまえて帰ることにする。

タクシーの後部座席でなにげなく携帯電話をチェックして、着信がいくつか入っていることに気づいた。すべて水絵からだ。

マナーモードにしていたわけではないが、賑やかなバーで飲んでいたので着信音に気がつかなかったのだろう。

かけ直そうかと思ったが、時間が遅い。もう寝ているかもしれないと思うと、少し躊躇する。それにあと十分もすれば家に帰り着く。今かけ直しても、帰ってから聞いても同じことだ。

着信は、十分、もしくは二十分くらいの間隔で、十時頃から十一時過ぎまで続いている。なにか非常事態でもあったのかと思うと同時に、少し嫌な気持ちにもなる。

昼間、鈴音は自分の予定を変更してまで、耕太の面倒を見てやった。やっと解放されて夜出かけたのに、何度も電話をかけてくるなんて、いったいどういうつもりなのだろう。

今は同じ屋根の下にいるが、別に家族でもなんでもないのだ。鈴音が彼女に縛られる理由などなにもない。

苛立ちながら、携帯電話を閉じてシートに身を預ける。

部屋に帰れば、また水絵と気持ちの探り合いになる。彼女の境遇自体には同情するけど、なにかを当然のように要求されるのは、不快だし、おかしいと思う。

水絵の方は「当然のように」とは思っていないだろうけど、なにかがちぐはぐで、うまく意思疎通ができない気がする。

彼女が当然と思っていることが、鈴音の方には当然と思えない。そのすれ違いのせいで、よけいにぎくしゃくしてしまっている。

もちろん、鈴音にとっては自分の感覚の方が正常で、水絵が少しおかしいのだと思うけど、立場を変えてみれば、彼女だって同じことを考えているだろうことは容易に想像がつく。

昼間、耕太と一緒に過ごした時間を思い出す。

子供はそれほど好きではないが、彼は男の子にしては大人しいし、聡明だから可愛い。彼に過酷な環境を与えたり、不安な気持ちにさせることは本意ではない。

だが、それもたまに面倒を見るだけだからそう考えられるというのも事実なのだ。

こんなことはあり得ないと思うが、もし、水絵が耕太をうちに置いたまま姿を消してしまえば、鈴音は困り果てるだろう。

水絵の身内を捜して、見つけただれかに彼を押しつけるしかない。もしくは、子供を欲しがっている里親を見つけるか、施設に任せることになるはずだ。

はじめて気がつく。人に好感を抱いたり、動物や子供を可愛いと思えるのも、責任がないからだ。

通りすがりの犬を、「可愛い」と思ったからといって、「じゃああげます」と言われれば即座に断るだろう。好きな人にだって、自分を投げ出してまでなんでもしてあげられるわけではない。

愛情の壺は有限で、しかも底が浅い。底なしの愛情なんて、きっと母親にでもならないと理解できないに違いない。

マンションの前でタクシーを降り、エントランスのオートロックを解除して中に入る。

玄関の鍵を開けて、小さく「ただいまー」と声をかける。廊下の奥のリビングにはまだ灯りがついていた。水絵がまだ起きているようだった。

ブーツを脱ぐのに少し手間取ったあと、バッグを持って室内に入る。途中、風呂をチェックして、バスタブに湯が溜まっていることを確認する。バスルームの壁も濡れているから、水絵はもう風呂をすませたのだろう。

リビングのドアを開けると、ソファに座っていた水絵がこちらを見た。その視線に怒りを読み取って、鈴音は戸惑った。

「遅かったのね」

責めるような口調で水絵は言った。

まるで遊び歩いて帰った夫が、妻に怒られているみたいだ。滑稽《こっけい》さを感じながら鈴音はリビングに入った。

居心地の悪さや罪悪感が自分に少しあることも不思議だった。自分は水絵の夫ではない。だが、水絵がずっと、友達と遊び歩くような生活に無縁だったことは想像がつく。もちろん、だからって鈴音が責められる理由にはならない。

「何度か電話したんだけど……」

「ごめんなさい。飲んでいるところがうるさくて、着信音に気づかなかったの」

水絵はこれ見よがしにためいきをついた。さすがに少しムッとする。

「なんの用だったの？」

「耕太になにを食べさせたの？」

「は？」

思いもかけないことを尋ねられて、鈴音は戸惑った。

「なにって……」

「うどん買ってあったのに、そのまま冷蔵庫に残ってるわよね。出汁もそのまま」

やっと水絵がなにを心配していたのか気づいてほっとする。そういえば、そのことを水絵に話すのを忘れていた。

「ああ、昼に出前を取ったの。ラーメンとチャーハン。そしたら耕太くんが食べたいって言うから一緒に食べたわ。だからうどんはそのまま」

それで話は終わりだと思っていた。なのに水絵は深くためいきをついた。

「どうして……うどん食べさせてって言ったじゃない……」

「駄目だった？」

「病み上がりなの。昨日、四十度近い熱が出たのよ。それなのに、どうしてラーメンやチャーハンなの？」

問い詰められて答えられない。たしかにもっと消化のいいものの方がよかっただろうが、本人が食べたいと言ったのだ。

「耕太くんが、『うどんは嫌いだ。ラーメンが食べたい』って言うから……」

「子供はそう言うわよ。だからって、そのまま食べさせるなんて」

「いけなかったの？」

「あれから、下痢はするわ、吐くわで大変だったの。熱だってまた出てきたし」

「嘘……」

自然に口から出たことばだったが、水絵はまなじりを吊り上げた。

「どうして嘘をつかなきゃならないの？」

「ご、ごめんなさい。そんなつもりで言ったんじゃないの」

水絵は苛立ちを表すように、ソファに音を立てて座り直した。

「明日、別の面接も受けに行くことが決まってたのに……だから髪も切ってきたのに……これじゃ行けないじゃない」

まるで、なにもかも鈴音の責任であるような言い方に、さすがに反論したくなる。

「だって、耕太くんが『うどんは嫌だ』って言うんだもの。わたしに無理に食べさせることなんてできないわ」

なにも食べないよりは栄養をつけた方がいいと考えたのだ。別に悪気があったわけじゃない。

「大人なんだから、そのくらい言い聞かせてよ！」

「だったら、なんでわたしにまかせて出かけるのよ。わたし、子供の面倒なんて見たことないもの。そんなこと言われたって無理だわ」

「だって、鈴音が早く出て行けって言うんじゃない。そうじゃなかったら、わたしだって、面接に行かずに耕太のそばについていてあげたかった」

たしかに出て行ってほしいと言ったのは事実だ。だが、最初から一週間の約束で、一週間は泊めてあげたのだ。そんなふうに言われるのは心外だ。

「面接は自分のためじゃない。それに美容院にも行ってきたくせに」

思わず黙っていたことを口に出してしまう。水絵は絶句するように声を詰まらせた。

鈴音を見据えて口を開く。

「私、もう三ヶ月も美容院に行ってなかったのよ。みすぼらしい髪型で面接受けに行ったって、雇ってくれるはずないじゃない。ずっと気になってたの。気になって、恥ずかしくて……ようやく今日、急いでカットだけしてもらったのに、それがそんなに責められなきゃならないこと?」

そう言われて返事に困る。たしかにこの前までの水絵の髪型は、手をかけていないことがわかるものだった。

「鈴音はいいわよね。パーマかけてカラーして、ネイルまでサロンできれいにやってもらって、きれいなラインストーンとかつけて。それ全部してもらうのに、半日は絶対かかるわよね。わたし、もう何年間もそんなことしたことない」

たしかに、行きつけの美容院には、月に一度は行く。ネイルサロンは別のところで、そちらは忙しくなければ、二週間に一度くらい顔を出す。

カットをしてもらい、髪を染める。髪のダメージを減らすためにトリートメントもしてもらう。それだけで三時間はかかるし、パーマをかけてもらうときは、彼女の言うとおり午後いっぱいかかるときもある。

身支度をするのは、社会人として当然のことだと思っていた。パーマもカラーも贅沢なことだなんて少しも思わなかった。

自分が当たり前のように享受していることが、当たり前でないことをこの前から何度も思い知らされている。

「それで……耕太くんの熱は……？」

「三十八度五分くらいまで上がったわ。今は寝付いたけど苦しそうだった」

「ごめんなさい……」

謝ったのは、悪かったという気持ちが半分と、もう口論すること自体がつらいという気持ちが半分だ。

「仕方ないわ。預けて出かけた私だって悪いんだし……」

「もし、よかったら明日、面接に行ってもいいわよ。もう明日は出前を取らないようにするし」

詫びるつもりでそう言ったが、水絵は首を横に振った。

「いいの。明日の朝、断りの電話を入れるわ」

正直なところ、それも困る。水絵には早く就職を決めてもらわなければならないのだ。そうすれば、罪悪感を覚えずに出て行ってもらえる。

「本当にいいの？　面接にたどり着くのも難しいんでしょう」

そう言うと、水絵は冷ややかな視線をこちらに向けた。

「鈴音はさっさとわたしたちに出て行ってほしいんだもんね」

さすがにそこまで言われると腹が立ってくる。誰のために、我慢をしたり気を遣ったりしているると思うのだ。勢いで言ってしまった。

「水絵はわたしに、どうしてほしいの？」

水絵ははっと鈴音を見上げた。唇がかすかに震えた。

「できれば……就職が決まるまで置いてもらえると、すごく助かるの……」

息を呑む。不用意に尋ねてしまったことを後悔した。

本当は断りたかった。だが、そうなるとまた口論になるだろう。

もう時間は一時を過ぎていて、そして鈴音はひどく疲れていた。早く風呂に入って寝たかった。

だから、口が自然に動いていた。

「わかったわ。だから、早く就職を決めてね」

水絵の目がぱっと輝いた。

「本当！　すごく助かる……。本当に助かるの。ありがとう」

鈴音は少し強ばった笑みを浮かべながら、座っていた椅子から立ち上がった。

「じゃあ、わたし、お風呂に入るわね」


湯船の中で、茉莉花のことばを思い出す。

たしかに、鈴音はお人好しだ。まったく自覚はなかったけれど、ここまできたら認めるしかない。

よく考えれば、これまでも無理のある仕事を押しつけられたことや、ほかの脚本家が途中で投げ出した仕事を引き継いだことが何度もあった。

それでも、自分がお人好しと自覚しなかったのは、本当に嫌なことは嫌だと言えるからだ。押し切られてしまうのは、嫌だと思う気持ちが半分くらいのときだ。残りの半分は、頑張ればできるかもしれないという気持ちや、困っているスタッフたちが可哀相だという気持ちや、その仕事に魅力を感じる気持ちがあって、だからこそ、押しつけられたとか、尻ぬぐいをさせられたというふうには考えなかった。

今回も、耕太が可哀相だという気持ちや、どうしても水絵に抱いてしまう罪悪感をうまく利用されてしまった気がする。

だが、一方で清々《すがすが》しい気持ちもある。

今までは、水絵にもっと親切にすべきか迷ってばかりいた。快く協力を申し出ることができない自分に、苛立ちも感じていた。

もうその迷いはない。

言ってしまえばもう取り消すことはできない。もちろん、水絵が図々しい振る舞いをしたり、いつまでも居座るようなら出て行ってほしいと頼む権利は、鈴音にある。水絵は居候にすぎないのだから。

——でも本当にそう言えるの？

自分にそう問いかけてみる。最初に泊めるときだって躊躇した。本当は断りたかったし、断ろうとした。なのに押し切られてしまったのだ。

一週間経って、出て行ってほしいとは言ったけど、それも耕太の病気でうやむやになってしまった。

一週間と最初に決めてさえ出て行ってもらうことができないのに、「就職が決まるまで」という約束をしてしまえば、本当に決まるまではなにがあっても、追い出すことはできないような気がする。

はっきりとわかったことがある。水絵は一見気弱そうに見えるけれど、かならず自分の意志を通す人だ。

最初に会ったとき、お金を貸すという申し出を断って、「一週間泊めて」と言ったのも一度泊まってしまえば期限は延ばせると考えたからではないだろうか。さすがに、鈴音も際限なくお金を貸すほどお人好しではない。

家に泊めるのなら問題は気疲れだけで、鈴音の損害が目に見えてわかるわけではない。一緒にいれば、そこに情も生まれる。

鈴音はためいきをついて湯船から上がった。

考えすぎだ。そこまでの計算ができる女性なら、人生だってもっとうまく渡っていくだろう。生きていくために、必死で鈴音にすがっているだけなのだ。

もう口に出してしまったことだから、「やっぱりやめた」とは言えないし、言うつもりもない。ほかのことならまだしも、水絵にそれを言うのはあまりにも可哀相だ。

だから、しばらくは我慢する。だが、彼女が度を超えて図々しくなったときのために、なにか対策は考えておいた方がいいかもしれない。

風呂から出たときには、リビングの灯りは消えていた。

水絵と顔を合わさずに済んだことに、鈴音はほっとした。

翌朝、いつものようにリビングで水絵が立てる物音で目を覚ました。

もう慣れてしまって腹も立たない。これまで自堕落で不規則な生活をしていたのが、起きる時間だけは一定になっていいと思うほどだ。

――こういうところが、お人好しと言われるのかもしれないけどね。

だが、早起きすれば、夜も早く寝られるし、そのこと自体は悪くない。

起きて布団を畳み、リビングに出ると、水絵がキッチンでなにかを煮ていた。

「おはよう」

顔が明るいのは目先の不安がなくなったせいだろう。その顔を見ると、まあよかったのかなとも思う。

もう一度言ってみる。

「今日、面接行ってもいいわよ、本当」

昨日の様子を見る限り、耕太は少しくらいの留守番は大人しくできる子だ。仕事場に行って、ノートパソコンを持って帰って家で仕事をすればいいのだ。

だが、水絵は首を横に振った。

「ううん、もう断りの電話を入れちゃったから……」

「そう……」

「本当は少し迷ってたの。昨日面接受けたところが、ちょっと好感触だったから、もしそっちに決まれば、面接受けて断らなきゃならないでしょ。それも失礼だから」

「そうね」

ここまで決まらなかったものが、そう簡単に続けて決まるわけはないと思う気持ちもあるが、それは言わないでおく。断ってしまったのなら仕方がない。

「耕太くんの体調は？」

「熱は三十七度五分くらい……。下痢はもう治まったみたい」

それを聞いてほっとする。やはり罪悪感はずっと胸にあった。

「体調が悪いのも、やっぱり環境が変わったりして、落ち着かないせいもあると思うの。だから今日は一緒にいて、甘やかしてやろうと思って……」

水絵のことばに鈴音は頷いた。

「そうね。それがいいと思うわ」

鈴音もそろそろ仕事に身を入れなくてはならない。目が覚めたのをいいことに、今日は朝から仕事場に行くことにする。

コーヒーだけは飲んで行こうかと思ったが、仕事場までは七分ほどだ。途中でコーヒーショップに入ってもいいし、向こうにもコーヒーメーカーはある。

打ち合わせを仕事場ですることもあるから、仕事場の方がよいコーヒーメーカーを置いてある。エスプレッソも淹れられる高級品だ。

洗面所で顔を洗って、髪を整え、服を着替える。

「あら、もう行くの？」

「ええ、そろそろ仕事のスケジュールも厳しくなってきたし」

「夕食は？　食べる？」

「そんなに早く帰ってこないと思うからいいわ」

そう言うと水絵は顔を曇らせた。

「外食やお弁当ばかりだと身体に悪いわよ」

「大丈夫よ。このあたりは、家庭料理のお店もあるし、お総菜屋さんもあるし」

食べるのには困らない環境を選んで、ここに住むことにしたのだ。

前に住んでいた地域はベッドタウンで、外食できる場所が少なかった。スーパーも早く閉まってしまうから、結局コンビニで弁当を買うしかない。あっという間に太ってしまった。

「じゃあ、行ってくるわね」

耕太のことは少し気になったが、母親がついているのだ。鈴音が心配することではない。


その日は昼から雨が降った。

雨の中出かける億劫さに、昼食を先延ばしにしているうち、気がつけば、三時を過ぎていた。急に、目眩《めまい》がするほどの空腹が押し寄せてくる。

傘を持って、仕事場からいちばん近いカフェに駆け込む。

店内に入って気づく。窓際の席で、コーヒーを飲んでいるのは灘だった。向こうも鈴音に気づいたらしく、手を上げて挨拶をする。

自然に足が彼の方に向かっていた。

「いいですか?」

「どうぞどうぞ」

笑顔で答えられて、鈴音は彼の向かいに腰を下ろした。

注文を聞きにきた店員に、カレーライスとアイスコーヒーを頼む。

「今頃お昼ですか?」

「ええ、食べそびれちゃって。灘さんは?」

「ぼくはサボりです。逃避です。全然講義のレジュメがまとまらなくて」

そう言う彼に、笑顔が漏れた。

「先生も大変ですよね。わたし、人前に立って喋るのなんてとてもできそうにないです」

「慣れですよ。慣れれば大したことないです」

そう言う灘の声は、低くてよく通る。丁寧にはっきりと喋るのも、予備校講師という職業柄だろう。

喋り方というのは人の印象を大きく左右する。早口で、自分の言いたいことだけ喋る人には、どうしても独善的な印象を抱いてしまうし、実際そういう人と仕事をすると困らされることも多い。

たぶん、鈴音が彼に好感を抱いたのは、この喋り方のせいだ。聞いていて、とても心地いいと思う。

カレーが運ばれてくる。そういえば、若い頃は好きな男性の前で食事をするのも恥ずかしい気がした。この年になるとそんなこともなくなるが、せめてもう少し可愛らしいものを注文すればよかったかもしれないと思う。

もっとも空腹は限界近かったし、カレーはいちばん早くできるメニューだ。

少なくともがっつかないようにだけはしよう、と思いながら、ゆっくりスプーンを口に運んでいると、ふいに灘が言った。

「お疲れですか?」

「え?」

驚いて目を見開いてしまう。そんなに疲れた顔をしていただろうか。

「いや、女性に失礼ですね。少し顔色がよくない気がして……」

そういえば、今日はノーメイクのままだった。それに気づいて顔が赤くなる。

企業で働いている女性なら、ノーメイクで外に出ることなど考えられないのかもしれない。

鈴音のような仕事なら、まったく人と会わない日はしょっちゅうだから、そんな日に肌に負担をかけてまでメイクをする気にはならない。

だが、よく考えると前会ったときも、化粧はしていないはずだ。やはり、ここ数日いろいろあって疲れているのが顔に出ているのかもしれない。

「お仕事、お忙しいんですか？」

「仕事はそうでもないんですけど……」

なんとなく、彼に愚痴を聞いてもらいたいような気分になる。

「実は友達が、うちに転がり込んできているんです。子供連れで。だから、なんとなく生活のリズムが狂ったり、いろいろ気を遣うことが多くて」

「旦那さんと喧嘩したとか？」

子供連れと聞くと、そう考えるのは普通だろう。

「ずっと前に離婚しているんです。で、仕事もリストラされて、家賃も払えなくなって……それで今求職中です」

灘は眉を寄せて頷いた。

「大変ですね。このご時世だからそういう話はよく聞きますが」

鈴音もこれまで何度も耳にしてきた。だが、どれも身近な人の話ではなく、友達の友達とか、友達の知り合いという人の話で、今ひとつ親身になって考えられなかった。

水絵とも、これまで深くつきあっていたわけではないが、こんなに近くで就職難をリアルに感じたのははじめてのことだ。

灘は、店員を呼び寄せて、コーヒーのお代わりを頼んだ。

ちょっとうれしくなる。さっき、同じテーブルに座ったときは少し図々しいと思われたかもしれないと不安だったのだ。

コーヒーのお代わりを頼むということは、もう少し長居してでも鈴音と話をしたいと考えてくれた証拠だ。

注文を終えると、灘はまた正面を向いた。

「ぼくの友達で、建築事務所をやっていて、事務の女性を探している男がいます。そのお友達の探しているような仕事とは違うかもしれないが、もしよかったら聞いてみましょうか」

「本当ですか？」

水絵に聞いたわけではないが、建築事務所の事務員ならば、文句を言うような職業ではない。水絵だって、えり好みしている場合ではないのだ。贅沢は言わないだろう。

「ええ、でも、数日前に聞いた話なので、もしかしたらもう決まったかもしれませんよ」

決まってしまったのなら仕方がないが、そうでないのならぜひとも水絵を紹介したい。

だが、一瞬不安が胸をよぎる。

水絵は高校生のとき、万引きや、クラスの子の財布を盗むといったトラブルを起こしていた。もし、またそんなトラブルを起こしたら、灘に迷惑をかけてしまうかもしれない。

「どうしました？」

鈴音の表情に気づいたのか、灘が尋ねる。

「いえ……聞いておいていただけますか？」

「わかりました。家に帰ったらメールしますよ」

水絵だって、また職を失うようなことは絶対しないだろう。中途半端な年齢での就職活動の難しさは、骨身にしみているはずだ。

それに、耕太のこともある。高校生のときの幼い心理状態と、守るべきものができた今とでは環境がまったく違う。

帰って水絵に聞いてみなければならないが、決して嫌な顔はしないはずだ。

「お願いします。本当に助かります」

鈴音は深く頭を下げた。

第五章

灘からメールが入ったのは、夕方六時を過ぎた頃だった。

建築事務所の事務員は、まだ決まっていなかったという。雇いたいのはひとりだし、求人広告を出せばその費用もいる。面接に何人もくれば、仕事も滞る。どこか知人のつてで見つかればいいいと、その建築家は考えていたらしい。

堂島《どうじま》建築事務所という名前と、電話番号が書いてあり、そこに電話して、灘から紹介されたと伝えてほしいとメールには書いてあった。

鈴音はすぐに水絵の携帯電話に連絡をした。

「はい?」

水絵は不審そうな声で、電話に出た。鈴音からだということは液晶画面を見ればわかるはずだが、鈴音から電話がかかってくる理由に思い当たらなかったのかもしれない。

「わたしだけど、耕太くんは?」

「ええ、熱はもうだいぶ下がったわ。今、夕食にしているところ」

「ごめんなさい。食事中だった？　かけ直そうか？」

「時間かかる話？」

「そうじゃないけど……」

「じゃあ、聞くわ。もう耕太は食べてるし」

鈴音は携帯電話を持ち直して話を伝えた。

「実は、仕事場のマンションに住んでいる知人がいて、その人の知り合いが建築事務所で事務をしてくれる人を探しているようなの。面接を受けに行ってみない？」

求人広告を出しているわけではないから、大勢が面接に殺到しているはずはない。もし、水絵が行って、好感触なら雇ってもらえるはずだ。

「え……っ」

戸惑ったような声が返ってくる。

もっと喜んでもらえると思っていたから、その反応に困惑する。

「そこ、ちゃんとしたところなの？　その人、信用できるの？」

「それは……」

たしかに灘のことは、仕事場のマンションの住人だということしか知らない。予備校教師というのも、彼の口から出ただけだ。感じのいい人だからそのまま信用してしまった。

「わかったわ。ちょっと調べてみるわ」

「まだ、しばらく帰らないの？」

「ええ、今日は遅くなると思う。気にせずにお風呂に入って寝てて」

「そう。お疲れ様」

電話はそれで切れた。拍子抜けして、鈴音は携帯電話をぼんやり眺めた。

仕事を必死で探しているのだから、もっと喜ぶのではないかと思っていたが、彼女は礼すら言わなかった。むしろどうでもいいことを押しつけられたような反応だった。

――なんなのよ、もう。

食事中に邪魔をされて、苛立ったのかもしれないが、もう少し違う反応があってもいいではないか。

だが、水絵が言ったとおり、その建築事務所の評判などを調べていないのも事実だ。

とりあえず、目の前にあるパソコンで検索してみる。

まっさきに、堂島建築事務所のウェブサイトが出てきて、ほっとする。きちんとドメインも取っているし、サイトの作りもおかしいところはない。

ほかにも建築士を紹介しているサイトや、住宅関連のサイトにも事務所の名前が出ている。特にブラック企業であるような様子はない。

ついでに、灘の名前も検索してみると、大手の予備校のサイトに名前と顔写真が掲載されていた。間違いなく本人だ。

自分の感覚が間違ってなかったことにほっとする。

もちろん、これだけではその会社の待遇まではわからないが、それは水絵が直接聞けばいいことだ。それで断るのなら彼女の自由だ。

だが、先ほど覚えた違和感は拭えない。

せめても、礼のひとつくらい言ってもいいではないか。まるでおせっかいをしたような気分になってくる。

まあいい。電話ではきちんと真意が伝わらないことも多い。帰ってから、ちゃんと話そう。

そう考えて、鈴音はまたワープロソフトを立ち上げた。


結局、その日も思ったほど仕事は進まなかった。

おまけに、別の仕事も舞い込んでくる。受けるか、断るか決めるためには、資料と原作小説に目を通さなければならない。

気持ちばかりが焦って、少しも進まない。これは一度帰って、気持ちをリセットした方がいいかもしれない。

だが、それもどこか気が重い。

こんな仕事をしていると、仕事と休みの区別がとことん曖昧になっていく。それをはっきり区別するために、こうやって仕事場を借りているのだが、今となってしまえば、家に帰ってもあまりくつろげない。

だが、帰らなければ、自宅を水絵にどんどん侵略されていくかもしれない。忙しいときは、仕事場で仮眠を取ることも少なくなかったが、今はあえてそれもしたくなかった。

仕事場を借りなければ、水絵の居候を断れたかもしれないとも思ったが、すぐに考え直す。すでに、鈴音は、「ここまで」と引いたラインを何度も譲ることになっている。

一週間という約束は、二週間になり、とうとう「就職が決まるまでいてもいい」というところまで了承させられた。

少なくとも、水絵は無自覚にそれをやっているのではない。鈴音が断りにくいタイミングを狙っている。

そう考えると、やはり不快だった。まさか、このままずるずると、ということはないと思うが、最初に会ったときも「一週間以上泊めることなんてありえない」と思ったのだ。強く出られる自信はあまりない。

自分は言いたいことは言える、しっかりした人間だと思っていた。その自信も揺らいでくる。

ともかく、今日はいい知らせがある。水絵の就職が決まれば、それですべてが解決する。罪悪感にとらわれることもなく、出て行ってもらえるのだ。

そう気持ちを切り替えて、帰宅することにした。

バッグに、原稿のバックアップを入れたUSBメモリーをしまい、上着を着て靴をはく。

鍵をかけて、マンションを出た。

部屋を出る前に見た時計は十時を指していた。途中で、あたたかい蕎麦でもお腹に入れて帰るつもりだった。


自宅に帰ったときには、部屋には灯りがついていなかった。

インターフォンを鳴らしてみても、返答はない。まだ十一時にもなっていないのに、寝てしまったのだろうか。

まさかどこかに出かけたということはないだろう。

鍵を開けて中に入ると、水絵と耕太の靴は玄関にある。お風呂にでも入っているのか、寝てしまったのか。

バスルームに電気がついていないことを確かめて、寝室のドアをノックする。

返答はない。

「水絵、いい？　開けるわよ」

そう声をかけてドアを開ける。真っ暗な部屋の中、水絵と耕太がセミダブルのベッドで眠っているのが見えた。

ずいぶん早く寝たのだな、と考えたが、小さな子供の親というのはこんなものかもしれない。

都会に住んでいて、自由業で、ひとり暮らしで、と、鈴音には宵っ張りの条件がいくつも揃っている。早い人ならば、もう寝ていても不思議はない時間かもしれない。

ドアをそっと閉めて、リビングに行く。

ほかの人の気配がないリビングというのは、こんなに広々として開放的だっただろうか。

ゆったりとした気持ちで、鈴音はソファに腰を下ろした。冷蔵庫から缶ビールを出して、プルトップを開け、パントリーからタコスチップスとチーズディップを探し出した。

テレビを見るか、音楽でも聴きたいところだが、水絵たちを起こしてしまうかもしれない。あきらめて、雑誌を読むことにする。

ビールを片手にソファに横たわりながら考える。

――建築事務所のこと話したかったんだけど……。

彼女は興味がないのだろうか。遅くなるとは言ったが、起きていて話を聞こうとは思わなかったのだろうか。

深夜の二時や三時になるほど遅くなったわけではない。今まではこの時間はまだ起きていたはずだ。

まあ考えても仕方ない。遅くなるから先に寝ていて、と言ったのは鈴音だ。

缶ビールを一本飲み終えると、鈴音はシャワーを浴びるために、リビングを出た。


翌朝、目を覚ますと、リビングからは耕太の声と、物音が聞こえてきた。鈴音は布団から起き上がって、首をぐるりと回した。

耕太はもうかなりいいようだ。元気のいい声が聞こえてきてほっとする。

起き上がり、パジャマを着替えてから引き戸を開ける。

「おはよう」

そう声をかけると、キッチンに立っていた水絵が振り返った。

「あ、おはよう」

洗面所で顔を洗う前に、コーヒーメーカーをセットしてスイッチを入れる。

「昨夜は早く寝たのね」

水絵はハムエッグを皿に盛りつけながら答える。

「そうだったかしら」

「十一時前に帰ったのに、もう寝てたみたいだから」

「ああ……」

思い出すように額に手をやってから、水絵は言った。

「たしか、耕太を寝かしつけてて、そのまま眠り込んでしまったのよね。いろいろ用事するつもりだったのに」

それを聞いて、納得する。小さい子供がいると、そんなことはしょっちゅうだろう。鈴音だって、子供と一緒に並んで横になっていて、眠り込まない自信はない。

「仕事のことだけど、建築事務所の名前で検索してみたら、ちゃんと存在してたし、別にあやしいところではなさそうよ。よかったら、面接だけでも行ってみたら？」

牛乳をコップに注いでいた水絵の動きが止まった。

「そのことだけど……断ってもらっていいかしら」

「ええっ」

マグカップを食器棚から出そうとしていた鈴音は驚いて振り返った。

まさか、水絵がそんなことを言うとは思っていなかった。

「どこが不満なの？　求人広告は出していないというから、面接が殺到しているわけじゃないし、雇ってもらえる確率は高いと思うわよ」

水絵は苦々しい顔をして、牛乳のコップを耕太に渡した。

「事務員というのに、不満があるの？　なにかほかにやりたい仕事でも？」

「そんな矢継ぎ早に言わないで」

きつい口調でそう言われて、鈴音は口を閉じた。

たしかに、鈴音も他人から、続けて質問を投げかけられるのが嫌いだった。答えられるものも、答えたくなくなる。

「……ごめんなさい」

水絵は、トーストののった皿をテーブルに運んで、自分も座った。

「理由のひとつは、この前面接受けたところが好感触だったから、そこの返事を待ってみたいの。一週間以内に電話するって言ってたから」

だが、これまでずっと断られてきたのに、そんな簡単に決まるものだろうか。その気持ちを呑み込んで、話を促す。

「ほかには?」

「鈴音の紹介だというのが引っかかるの」

思いもかけないことばだった。信用できないと言われたような気がしてムッとする。

「どういうこと?」

「気を悪くしないでほしいんだけど……あんまり知り合いの紹介で仕事を探したくないの」

理由がわからない。戸惑っていると、水絵は話し続けた。

「前の職場が、知り合いの紹介だったの。そのせいで、嫌なことがあってもはっきり言えなかったし、やめたらその人に迷惑かけてしまうんじゃないかと思って、転職活動もできなかったわ。それなのに、急にクビにされてしまったし、こんなことならば働きながら、じっくり転職活動すればよかった。リストラされてから、その知り合いともなんか険悪になってしまったの……」

そんなことを気にしていたのか。鈴音は首を横に振った。

「わたしのことは気にしなくていいわよ。たまたま、仕事場のマンションに住んでいるというだけの人から聞いた話だし、わたしとは直接関係ない事務所だから」

「それでも、その人に迷惑がかかって、その人と鈴音がぎくしゃくすると申し訳ないわ」

そう言われて返事に困る。

たしかに、灘には好感を持っていて、もう少し彼のことを知りたいと思っているが、だが、まだそれ以上ではない。恋人というわけではないし、このまま何事も起こらずに、ただの知人で終わる可能性の方が高い。

もし、水絵が建築事務所に就職し、そこでトラブルが発生して、灘に嫌われたとしても、仕方ないと思えるほどの関係でしかない。

「それだって別にかまわないわ。そんなことで気を悪くする人なら、ほかのことでもぎくしゃくするだろうし」

「それに、その事務所の方も同じでしょう。私のことが気に入らなかったり、不満があったりしても、紹介してくれた人の手前、おおっぴらに言えなかったりするんじゃないかと思うの。だから、あまり人の紹介では就職したくない」

鈴音は呆れて、ソファに腰を下ろした。コーヒーが落ちる音がリビングに響く。

もちろん、水絵の言うこともわからなくはない。だが、水絵は今、そんなことを言っている場合ではないと鈴音には思えるのだ。

貯金も尽き果て、アパートの家賃すら払えずに追い出されて、親しいつきあいがあったわけでもない鈴音の部屋に居候している。しかもひとりではなく、耕太という子供までいる。

鈴音ならば、なりふりかまわずに、雇ってくれるところを探すだろう。

水商売や風俗業だとか、あやしい企業に勤めろと言うのではないのだ。ちゃんとした会社ならば、それで充分ではないか。

やはり、水絵はどこか浮世離れしているというか、普通の感覚ではない。リストラされたのも、就職が決まらないのも、そんなところが原因ではないのだろうか。

水絵は、ちらりとこちらを見た。

「気を悪くした？　ごめんね」

「別にそんなことで気を悪くしたりはしないわよ」

ただ、呆れているだけだ。

鈴音だって、下積みの期間は嫌な仕事もたくさんやった。楽しいことだけやってられるような人はそんなにいないない。

水絵は困ったような顔で、鈴音を見ている。

鈴音はソファから立ち上がって、コーヒーをマグカップに注いだ。

「鈴音には迷惑をかけているけど……」

そう思うのなら、はやく就職を決めて出て行ってほしい。

今になって、「就職が決まるまで」と居候の期限を延ばしたことを後悔した。もし、まだ二週間と区切っていたら、水絵も面接を受ける気持ちになったかもしれない。

「鈴音、今日はどうするの？」

鈴音の機嫌が悪くなったことに気づいたのか、水絵が妙な猫なで声を出してくる。

「どうって……忙しいから仕事場で仕事するわよ」

「そう……」

水絵がちらりと耕太の方を見た。もしかすると、また就職活動に行きたいと考えていて、病み上がりの耕太を、鈴音に見てもらいたいと考えているのかもしれないが、もうごめんだ。ラーメンを食べさせたくらいで、あんなに顔色を変えて罵《ののし》られるのも嫌だし、さっきの会話で、水絵がいまだに就職に関して甘い考えを持っていることもわかってしまった。

トラブルがあったら、鈴音に悪いなどと親切ごかしに言ったが、それならトラブルなど起きないように努力すればいいだけだし、それでも水絵が原因ではないところで起きてしまった揉め事ならば、鈴音だって仕方がないと思う。

耕太はトーストを口に押し込みながら、鈴音と水絵の顔を見比べている。子供心に険悪な空気は感じているのかもしれない。それを可哀相だとは思うが、鈴音にはなんにもしてあげられないのだ。

コーヒーを飲み終えると、鈴音はシンクでマグカップを洗った。

「あ、洗うから置いておいて」

水絵はそう言ったが、あえて自分で洗う。

水絵の予定は聞かなかった。聞けば、またうまく誘導されてしまう可能性があるし、これ以上、彼女のために時間や労力を使う必要もない。

マグカップをバスケットに伏せると、鈴音は言った。

「仕事に行ってくるわ。今日は向こうで泊まるかも」


仕事場のソファベッドで、鈴音は午後まで仮眠を取った。

ソファベッドの寝心地は、決していいとは言えないが、物音で起こされることがないのはありがたい。それに苛立ちが強くて、仕事に集中できるとは思えなかった。

午後になってから、鈴音は茉莉花にメールを書くことにした。

愚痴になってしまうが、茉莉花の愚痴を聞くこともある。たまにはいいだろう。

結局、子供を盾にとって、就職が決まるまで部屋にいていいという言質《げんち》を取られたことや、就職先を紹介しようとして断られたことなどを書く。

茉莉花の言うとおり、間違いなく自分はお人好しだ。すっかり水絵にいいように操られている。

メールを送信すると、茉莉花からはすぐに電話がかかってきた。

「ちょっと、メール読んだわよ。やっぱり、わたしの思ったとおりになった」

「う……ん」

本当はまだ自分の間抜けさを認めるのは難しい。

「でもさ、子供がいるのよ。彼女だけなら追い出すけど、やっぱり子供のことを考えるとさ」

「鈴音がそう考えるところまで、向こうは想定しているのよ」

そうきっぱり言われてことばに詰まる。

茉莉花ならば、子供嫌いを公言しているので、耕太がいても平気で追い出すかもしれない。鈴音はそんなに非情になれない。だが、心から親切にすることができず、愚痴ったり疎ましく思うくらいなら、さっさと追い出す方が正しいのかもしれないとも思う。

「まあ、そう言っちゃったら、なにかないと追い出すのは難しいかもしれないけどさ。せめて、対策は取ったら？」

「対策?」

「そう。自宅を自由にさせているんでしょう。彼女がなにかよからぬことを考えるかもしれないわよ」

「よからぬことってなによ」

「貴重品を探したりとか……」

「貴重品は全部、仕事場に持ってきてあるから大丈夫」

「それでも、彼女が勝手に引き出しを開けたりしてたら、嫌でしょう?」

たしかにそうだ。

「最近の防犯カメラって、すごく性能がいいのよ。小型で、知らない人にはあることすらわからないようにできてるし、ハードディスクと接続したら一年分くらいの動画も保存できるんだから」

「防犯カメラ?」

「そ。だから、それを自宅に仕掛けておいたら? なにかなくなればだれがやったかすぐにわかるし、なにもなければ単なるお守りだと思えばいいんだし」

だが、防犯カメラと言えば聞こえはいいが、要するに盗撮カメラということではないだろうか。

「でも……プライバシーの侵害でしょう?」

そう言うと、茉莉花はくすりと笑った。

「仕掛けるのは自分の家じゃない」

言われてみればそうだが、それでも水絵が知ったら腹を立てるのではないだろうか。

「見つかったら前から防犯用に置いてあったと言えばいいでしょう。もちろん、嫌なら無理に薦めないけど」

考え込む。茉莉花の言うことにも一理あるのはたしかだ。

「それに、なにもなければ撮影した画像を見ないという選択肢もあるわよ。なにも不審なことがなければそれでいいんだし」

「なるほど……」

そう考えれば罪悪感は軽減される。

「ま、わたしだったら、自分の家を他人に自由に使わせるんだったら、そのくらいの対策はするってだけのこと」

茉莉花ははっきりとそう言った。

鈴音は礼を言って、電話を切った。

インターネットで調べてみると、たしかに手頃な値段で小型カメラが手に入ることがわかった。ハードディスクはそこそこ高いが、それでも手の届かないような値段ではない。

鈴音は考えた。

仕事で防犯カメラを使ったシーンを書くことになるかもしれない。これも勉強みたいなものだ。

いささか言い訳めいているが、そう考えると気持ちも楽になる。

秋葉原までは飯田橋から総武線で一本だ。気分転換に買い物に出てもいいかもしれない。

鈴音は勢いよく椅子から立ち上がった。

総武線を降りたとき、携帯電話が鳴った。見れば、水絵からだ。

電話に出ると、彼女のおどおどしたような声が聞こえてきた。

「あの、鈴音？　今朝話していた建築事務所のことだけど、もう断った？」

すっかり忘れていた。本当はさっさと灘にメールをしなければならなかったのだ。もし、灘がその建築事務所に話を通していてくれたのなら、迷惑がかかってしまう。

「忘れてたわ。あとでメールしておくわ」

「あ、待って。断らないで！」

電話口で水絵が鋭い声を上げた。

「あれから考えたの。やっぱり話だけでも聞いてみようかなって……」

「無理しなくていいわよ」

自然と冷ややかな口調になってしまう。無理強いをして、あとで揉め事があったときに、文句を言われるのも不愉快だ。

「ううん、無理してるわけじゃないの。鈴音には迷惑かけてしまうかもしれないけど、事務でデスクワークならやっぱりありがたいし、雇ってくれるなら本当に助かるから……」

「好感触だったところは？」

そう尋ねると、あからさまに彼女の声が沈んだ。

「さっき、連絡があって……その……」

なるほど、それでわかった。好感触だと思っていたところに断られて、急に弱気になったらしい。

鈴音はメール画面を呼び出して、水絵に堂島建築事務所の電話番号を伝えた。

「灘さんの紹介だって言って、話を聞いて。嫌だったら、わたしのことは関係なく断ってくれていいから」

「ええ、そうするわ」

電話が切れて、ほっとする。これで水絵が就職を決めてくれれば、心配事の種は消える。

一度、防犯カメラを買うのはやめようかと足を止めたが、すぐに考え直す。

これで就職が決まるとは限らないし、それに就職が決まって水絵が出て行ったとしても、防犯カメラは空き巣が入ったときにも役に立つ。仕事の参考にだってなる。

鈴音は携帯電話のフリップを閉じると、足早に歩き出した。

あとで、灘に報告のメールを打たなければならないと思いながら。


自宅に帰り、インターフォンを押す。

いつも、家に帰ったときはどうするか悩む。自分の家なのだから、鍵を開けて直接入ってもいいような気がするが、それでも家族でもない人間が生活しているスペースに、いきなり入り込むのは気が引けた。

こういうところが、茉莉花に言わせればお人好しなところなのかもしれない。居心地よくすればするほど、水絵は出て行きたくなくなるだろう。

返事はない。水絵たちは出かけているようだった。

どこかほっとしながら、郵便受けから郵便物を取り、エレベーターに乗る。

水絵がいつ帰ってくるかはわからないが、だれもいない自室でゆっくりとくつろげるのはありがたい。コーヒーでも飲んで、だらだらとソファでテレビでも見よう。

そう考えてから、左手の紙袋の重さに気づく。

防犯用カメラを設置しなければならない。

秋葉原の無線用品の店で、店員に薦められるまま、小型の防犯カメラと録画用のハードディスクを購入した。

カメラはたしかに手のひらにおさまってしまうくらい小さかったが、それでも本棚にぽんと置くというわけにはいかないだろう。

取り扱い説明書を読んで、目立たないところに設置するという作業が残っている。ひとり暮らしだから、電化製品の取り付けも、パソコンのセットアップも全部ひとりでやっている。専門の技術が要求されるようなものでなければ、取り付けることはできるはずだ。

どれも、水絵がいるときにはできない。彼女の留守にやってしまわなくてはならない。

ドアを開けて、玄関先で靴を脱ぐ。

リビングからはテレビの音が聞こえていた。消し忘れて行ったのだろうか。人の家に居候しておきながら、テレビを消し忘れるなんて。ぷりぷり怒りながら鈴音はリビングに向かった。

リビングのドアを開けた鈴音は、小さな声を上げた。

「びっくりした……」

耕太がソファに座ってテレビを見ていた。耕太はぼんやりと鈴音を見上げた。

「耕太くんいたの？　チャイム鳴らしてもだれも出ないから、だれもいないかと思った」

耕太は首をかしげて鈴音を見ている。

「お母さんは？」

「ママはお仕事……」

水絵はまだ就職が決まってないが、就職活動のことをお仕事だと言っているのだろう。

――耕太くんをひとりで置いて行ったのね……。

なにか事故でもあったらどうするつもりなのだろうか、と少し思ったが、ほかに仕方がなかったのだろう。

ハローワークならばともかく、面接に子供を連れて行くわけにはいかない。

耕太はもう七歳だから赤ん坊ではない。賢い子だし、短時間なら大丈夫だと考えたのだろう。

だが、耕太がいるのなら防犯カメラは設置できない。子供がなにもわかってないと考えるのは間違っている。

幼稚園や小学生の頃の鈴音だって、いろんなものを見ていた。

大人たちが、鈴音にはなにもわからないだろうと思って、ひどく生臭い話などをはじめるのを少しおもしろく思いながら聞いていた。

耕太もたぶん、そういう子供だ。確信のようにそう思う。

鈴音と水絵が険悪になったり、口論をすると、わざと聞いてないふりをするようにテレビの方を向きっぱなしになったり、食事をゆっくり食べる。その仕草に、かすかな困惑と演技を感じずにはいられない。

水絵は夫から暴力を受けていたと話した。

水絵の元の家庭も、決して和やかなものではなかったはずだ。そこで育った耕太は、たぶん自然に見て見ぬふりをすることを覚えている。

鈴音とふたりのときに、少し子供らしいわがままを言ったりするのも、鈴音ならそれを聞いてくれるとわかっているからだろう。

鈴音は鞄と紙袋を自分が使っている部屋に置いた。上着もハンガーに掛けて、部屋着に着替える。

時刻は五時を少し過ぎていた。水絵は何時頃帰ってくるのだろうか。

「お母さん、何時頃帰るって言ってた?」

「……わかんない」

耕太を置いて行ったのだから、そんなに遅くはならないはずだ。

コーヒーメーカーをセットして、鈴音は冷蔵庫を開けた。冷蔵庫の中は、すっかり水絵が買ってきたものに占領されている。ハムやカニかまぼこ、牛乳、プロセスチーズなど、鈴音なら買わないようなものが、いろいろ入っていた。

水絵がくるまでは、ビール以外は、ろくなものは入ってなかった。ビールさえ冷やせればそれでいいと考えていた。もしくは、夏にアイスクリームが入れられれば。

急に生活感があふれた冷蔵庫のドアを閉め、今度は食器棚の一番下の引き出しを開けた。

インスタントラーメンや去年のお中元にもらった素麵など、保存食がそこにしまってある。

そこから、先月もらったクッキーの缶を出す。

賞味期限を念のため確かめてから、耕太に声をかけた。

「耕太くん、クッキー食べる？」

耕太はきゅっと口を引き結んで首を横に振った。

「いらない」

「どうして？　お腹空いてないの？」

そう尋ねると、こくりと頷く。だが、目が泳いでいる気が少しした。

「お母さんに、なにか言われた？」

この前、ラーメンが食べたいと言ったことを、叱られたのかもしれないと思う。

だが、耕太はまた首を横に振った。

「ママはなんにも……」

なら、本当に欲しくないのだろう。鈴音はクッキーをまた引き出しにしまった。

ちょうど、抽出が終わったコーヒーをカップに注いで飲む。

耕太はまだテレビを凝視している。ケーブルテレビのチャンネルは、古いアニメーションを放映していた。

なんとなく、耕太はテレビを見ていないのではないかという気がした。テレビを見るふりをして、自分を押し殺している。

鈴音は彼の隣に腰を下ろした。

放映されているアニメは、たしかドラゴンボールというものだ。それが有名だということは知っているし、絵柄とキャラクターを見ただけでタイトルもわかるが、実は鈴音はそのマンガを読んだことはない。

そういえば、そういうものはこの世にたくさんある。

有名で、絵柄や存在は知っているけど、本当のそれをちゃんと見たことがないというもの。それなのに、わずかな情報でわかったような気になっているもの。

最初から通してアニメを見てみれば、きっと驚くことがたくさんあるはずだ。

だが、一方でそういうものが多すぎて、なにもかも拾い上げて確かめていくなど、無理なことも事実だ。

世界にあふれる情報をすべて確かめることが難しいのなら、断片だけでわかったふりだけはしたくなかった。

一緒にアニメを見ていると、耕太がぽつんと言った。

「ねえ、お姉ちゃん、ぼく、ここにいちゃ駄目なの?」

驚いて、耕太の方を見る。

「駄目じゃないわよ。どうして?」

「だって、ママは言うよ。ここにいちゃ駄目だから、早く出て行かないとって……」

ぎゅっと心臓が締め付けられる気がした。

説明するのが難しい。鈴音はためいきをついた。耕太はなおも言う。

「ぼく、ここがいい。このお家が今までのお家の中で、いちばん好きだ」

「ええとね。前のお家に帰らなきゃいけないってことはないと思うわ。でも、耕太くんはそのうち、お母さんと別のお家に引っ越すことになっているの。そのお家が決まるまで、わたしのお家にいるの。それはわかる？」

「ここにずっといちゃ駄目？」

鈴音は首をかしげた。

「うーん、それは難しいわね」

「どうして？」

どうしてと言われると困ってしまう。大人にとっては当たり前のことが、子供には当たり前ではない。

耕太から見れば、この家には部屋も充分あって、鈴音と水絵が一緒に暮らしても問題がないように見えるはずだ。

だが、水絵が家賃を払うと言ったとしても、鈴音はたぶん彼女とは一緒に暮らせない。

「難しいけど……家族じゃないから、かな」

耕太はわかったようなわからないような顔で、鈴音を見上げた。

「パパのこと覚えてる？」

微妙な話になってしまうと思ったが、それでも嘘はつきたくない。

耕太が頷くと、鈴音は続けて尋ねた。

「おばあちゃん、一緒に暮らしてたの覚えてる？」

水絵は前、姑と同居していたと話していた。耕太はまた頷いた。

「耕太くんのパパとママは、家族だったの。それからおばあちゃんも。でも、もう家族じゃなくなったから別々に住むの。わたしとママも家族じゃないから、ずっと一緒には住めないわ」

「家族にはなれないの？」

すがるような目でそう言われて、鈴音は苦笑した。

姉妹でも恋愛関係でもない女性ふたりが家族になる。それはたぶん、とても難しい。

もしかしたら、強い情熱や意志があれば可能かもしれない。だが、それは裏を返してみれば、情熱や意志がなければ無理だということだ。

だが、たしかにとても不思議だった。

夫婦はたいてい、愛情で結ばれるけれど、中には愛情の薄い夫婦もいるはずだ。セックスレスなんてよく聞く話だ。それと同じように、適度な距離を持った友人同士が家族になることも、考えようによっては不可能ではないかもしれない。

考えてみれば、鈴音は多くのサラリーマン男性と同じくらいか、それ以上稼いでいる。水絵と耕太を養うことだって無理な話ではない。

もちろんそんなのはただのたとえ話だ。鈴音にはそんなことをするメリットなどない。ボランティアのつもりでやったところで、苦しくなるのは、これまでの経過でわかっている。

「家族になるのって、本当に難しいの。だから、わたしと耕太くんのママは無理かな。ママが悪いとか、そういうんじゃなくてね」

耕太は下を向いて唇を噛んだ。

「でも、新しいお家が決まるまではここにいていいし、また遊びにきてもいいんだよ」

そう言っても耕太の顔は晴れなかった。少し胸がうずく。

だが、いくら子供相手だからといって、適当なことを口にすることなどできなかった。現実を目の前にしたとき、その場しのぎの嘘は、子供の心を何倍も傷つける。


水絵は六時半頃に帰ってきた。ソファに座る鈴音を見て、目を丸くする。

「もう帰ってたの?」

「今日は、仕事がはかどらなかったから、無理しても仕方ないと思ったの」

水絵はがさがさと、スーパーのレジ袋を覗いた。

「鈴音が早いと思わなかったから、簡単にオムライスにしようと思ったんだけど、それでいいかしら」

オムライスなんて、もうずいぶん長いこと食べていない。

だが、耕太はオムライスと聞いて目を輝かせた。

「オムライス食べたい！」

だから鈴音も言う。

「作ってくれるなら、なんでもいいわよ」

水絵は、台所に立って忙しく立ち働きはじめた。タマネギやピーマンを刻み、鶏肉と一緒にフライパンで炒める。そこにケチャップを入れてから、タイマーで炊いてあったごはんを投入する。

慣れているのか手際がいい。ケチャップライスを一度皿にあけてから、ひとり分ずつ卵を焼いて、それで包んでいく。

オムライスのせいか、耕太も機嫌良く、アニメの主題歌のような歌を歌っている。その顔を見て、鈴音もほっとした。

オムライスは、きれいに卵でくるまれていて、まるでレストランで食べるもののようだった。

耕太が好きだから、よく作っているのだ、ということがわかる。

「オムライス、オムライス！」

耕太は見たことのないようなはしゃぎっぷりで、椅子に座った。

さっきの大人びた顔とは、まったく違う表情だ。もしかすると少し無理をしているのかもしれないけれど。

三人で、食卓に座ってオムライスを食べた。ケチャップライスの少し甘い、子供っぽい味は、今の鈴音の好みとは違うけれど、それでも懐かしくておいしかった。

ふと、思う。

こんなふうに、おいしいものを一緒に食べるだけで家族になれれば、人間はもっと幸せになれるかもしれない、と。

夕食後、お茶を飲んでいると、食器を片付けていた水絵が向かいに座った。

耕太はもう、ソファに移動して絵本を読んでいる。

「今日、堂島建築事務所に行ってきたわ」

「え、もう？」

水絵のことばに驚く。今日電話して、また別の日に面接だと思っていた。

「わたしもびっくりしたけど、電話したらこれからきてくださいって言われたの」

「で、どうだったの？」

身を乗り出すと、水絵は視線を湯飲みの中に注いだ。あまりうれしそうではなかったから、うまくいかなかったのだな、と思ったとき、水絵が顔を上げた。

「来週からきてくれって言われたわ」

「本当？　よかったじゃない」

こんなにとんとん拍子に進むとは思っていなかった。鈴音はほっと息をついた。

自分のことではないとはいえ、これまで、肩に重苦しい固まりが乗っているような気分だった。

近くに、先の見えない人がいるということは、まわりの気持ちも重くする。

だが、なぜか水絵の顔は晴れなかった。

「どうかしたの？」

「だって、その事務所って神楽坂なのよ。こんな家賃の高いところに住めないわ」

「なにも近くに住まなきゃならないってことないでしょ。中野より先に行くと、ずいぶん家賃も下がるわよ。それか、有楽町線で池袋より先まで出るとか」

少し離れても、乗り換えがなければ通勤は楽だ。もちろん、乗り換えをすれば、選択肢はずいぶん増える。通勤圏内で家賃が安いところもたくさんあるはずだ。

「学校に行っても、四時や五時には家に帰ってくるのよ。そんな離れたところには住めないわ」

「子供がいることは話したんでしょう」

「話したわ。一応、仕事は五時までで残業なしでいいって」

それならばまったく問題はないように思える。

「とりあえずは、ウィークリーマンションとか、敷金礼金なしの転勤者用マンションに住むという手もあるわよ。家賃がそんなに高くない地域を決めて、問い合わせてみたら?」

そう言うと、水絵は鈴音をにらみつけた。

「ずいぶん、簡単に言うのね。敷金礼金なしの部屋って、壁も薄いし、本当に狭いのよ」

鈴音は驚いて、水絵の顔を見た。

簡単に言うと言われたが、鈴音はただ、普通に水絵の悩みに答えたつもりだった。そんな無理なことを言った覚えはない。

むしろ、自分だったら真っ先にそうするというようなことしか言っていない。

鈴音だって、最初からこんな都心のマンションに住んでいたわけではない。

駆け出しの頃、江古田の家賃四万円のアパートに住んでいたことだってあるのだ。かろうじてユニットバスはついていたが、築五十年近い、おんぼろのアパートだった。浴槽など、身体を縮めて入らなければならないほど狭かったし、すきま風がびゅうびゅう入って、冬は凍えそうな気分だった。

だが、払える家賃がそれしかなければ仕方がないではないか。

これまでも、何度も冷ややかな気持ちになった。だが、これほど呆れたのははじめてのことだ。

「じゃあ、どうするの？　断るの？」

「え？」

水絵は戸惑ったような顔で問い返した。そんな言い方をされるとは思っていなかったのだろう。

鈴音だって、自分がこんなに冷たい声を出すのかと驚いた。

だれかが手取り足取り助けてくれるわけではない。もちろん、今の行政システムは子供を持った女性が働くことに優しくはない。だが、その中でもなにかとっかかりを見つけて、ひとつずつ困難を克服していくしか方法はないはずだ。

仕事が決まって、その近くに家賃の安い快適な住居が見つかる。もちろん、そんなふうに簡単に決まっていけばいちばんいい。苦労なんてしない方がいいに決まっている。

だけど、人生なんて大部分がうまくいかないことだらけだ。

鈴音のあまりにも突き放したことばに、水絵もかちんときたようだった。

「そりゃあ、鈴音にとっては他人事だものね。こんなに便利のいい場所にあるステキなマンションに住んで、仕事場までよそに借りられるほど収入があるんだもの」

そのことばに、言外の意味を読み取って、鈴音は青ざめる。

――だから居候くらいしたっていいでしょう。

水絵はきっと、ずっとそう思っていたのだ。それがはっきりとわかる。

「そりゃあ、わたしは贅沢してるように見えるでしょう。実際、恵まれていると思うわ。でも、それと水絵はなんの関係もないでしょう」

水絵は顔を背けた。声が震える。

「鈴音がそんなに冷たい人間だなんて知らなかった」

「いい加減にして」

こんな言い争いで心を摩耗させたくなんかない。だが、投げつけられることばは、おろし金のように鈴音の心を擂《す》り下ろす。

「ここに居候させてあげてるじゃない。これ以上、どうしろって言うの?」

事も紹介してあげたじゃない。仕事が決まるまでいていいって言って、それから仕
どこかでわかっていた。水絵が求めているのは、共感なのだ、ということを。彼女の大変な境遇に、同情して話を聞いてあげるということだということも。

だが、共感だけを求められているわけではない。実際に、生活の上で神経を遣わされて、

その上に共感まで求められる。

そこまで鈴音は寛容になれない。

こんな会話をすれば、耕太を傷つける。そのことは気になったが、途中で話をやめるわけにはいかない。

水絵は声を詰まらせた。

「わかったわ。仕事、断る」

今度は、鈴音が驚く番だった。

「ちょっと、なに言ってるの？　次にいつ仕事が見つかるかわからないのよ。いったいなにを考えてるの？」

「仕事を紹介してあげたって、恩に着せられるのはまっぴらだわ」

そのことばに、最後の糸が切れる気がした。

「仕事を断るんだったら、今すぐに出て行って」

水絵は勢いよく立ち上がった。

「今すぐになんて無理だわ。なに言ってるの。出て行けるなら、出て行ってるわよ」

「だって、水絵、今、恩に着せられるのはまっぴらだって言ったじゃない。こうやって部屋を提供していることはどうなの？　当たり前だと思ってるの？」

「当たり前だなんて、思ってないわ。何度もお礼を言ったじゃない」

行き違いだしたことばは、もう止まらない。今まで、なんとか押しとどめてきたものがとめどなくあふれ出している。

「じゃあ、どうして仕事が決まったのに、それを断るなんて言うの？　わたしに恩に着せられたくないなんて言うの？」

「これ以上、恩に着せられたくないって言ってるのよ」

堂々巡りだ。鈴音は大きくためいきをついた。

「わかったわ。ともかく、仕事を断るなんて言わないで。わたしだって、このままずっと、援助することはできないわ。それはわかるでしょう」

水絵はしばらく黙っていた。やがて、震える声で言った。

「どうしてなの……？」

「え？」

「どうして、みんな、手を差し伸べておいて、簡単に突き放すの？　だったら最初から断ってくれればよかったのに……」

そんなことを言ったって、最初は水絵が「一週間だけ」と言ったのだ。一週間ならば、と思って家に入れたのだ。こんなことになるなんて考えもしなかった。

鈴音は深呼吸をした。つい、熱くなってしまった。自分が間違っているとは思わないが、たしかに言いすぎたかもしれない。

「言いすぎたわ。でも、仕事は断らない方がいいわ。それが水絵のためだと思うから」

だが水絵はもうなにも言わなかった。

鈴音は立ち上がった。これ以上口論しても、きっと話がこじれるだけだろう。明日になれば、水絵も落ち着いているはずだ。

時刻はまだ九時にもなっていない。

鈴音は水絵に向かって言った。

「わたし、今日は仕事場に泊まるわ」

これ以上、彼女の顔は見たくなかった。


仕事場の狭いソファベッドに横たわって、激しい自己嫌悪に陥る。

時間が経ってみると、あそこまで言う必要などなかったと思う。「大変だねえ」と話を聞いてあげれば、それで水絵も気が済んだかもしれないのに。

なにより、耕太をひどく傷つけた気がする。

彼が、先行きに不安を覚えていることは、夕方話をしてわかっていた。ここが好きだと言ってくれたこともうれしかった。

助けてあげたい気持ちはある。だが、それと、水絵たちのためにどこまでも援助できるというのは、イコールではない。

どこかで線引きをすべきだが、どこで線を引いていいのかもわからない。実際に線を引いてみれば、それが間違いだったような気分にすらなる。

そして、助ける側と助けられる側では、確実にその線引きの基準が違う。

鈴音は、ずいぶんいろいろしてあげている気持ちになっていたが、水絵の方は大したことではないと考えていることが、昨日の会話でわかってしまった。これではうまくいくはずはない。

――どうすればいいの?

まさか、水絵は本当に仕事を断りはしないだろうか。

そんなことをすれば、困るのは水絵自身のはずだ。

断るのは、鈴音への当てつけだろうが、鈴音自身は嫌な気分になるだけで、実害はなにもない。だが、水絵にとっては、本当に死活問題だ。

そこまで馬鹿ではないと思いたい。耕太だっているのだ。

だが、水絵にはどこか完全に、浮世離れしたというか、異様な部分がある。鈴音に当てつけるために、本当に断るかもしれない。

明日の夜にでも、ゆっくり話をしてみよう。今度は熱くならないように気をつけて。

だが、一方で思う。

感情を一度ぶちまけてしまった以上、関係の修復は難しいかもしれない。

腹を割って話せば、より理解できるという人もいるけど、多くの場合、本音は全部ぶちまけてしまわない方がいいのだ。

曖昧なままにしていれば、修復できる部分が、ことばにしたがために、決定的な決裂にいたることだってある。

今回の場合、関係が決裂して困るのは圧倒的に水絵で、鈴音の方は嫌な気分になるだけだ。

だからといって、それが救いだとは思わないけれど。


翌日、鈴音は夜七時に自宅に帰った。

もし、水絵が夕食の支度をしていなかったら、三人でどこかで外食でもしようと考えながら。おいしいものを食べながら喋れば、少しは互いの気持ちも和むかもしれない。

自宅には灯りがついていなかった。

耕太を連れて、アパートを見に行っているのかもしれない。

だが、鍵を開けて部屋に入った鈴音は戸惑った。

リビングから、またテレビの音が聞こえる。

「耕太くん?」

廊下の電気をつけてリビングへと向かう。リビングのドアを開けると、テレビだけが明るかった。

床の上に耕太が座っているのが見えた。

「耕太くん、いたの?」

振り返った耕太は、泣きはらしたような顔をしていた。

「どうしたの?」

耕太は立ち上がると、鈴音の腕にしがみついてきた。

「ママが出て行っちゃった……どうしよう」

鈴音は息を呑んだ。

耕太を抱きかかえて、寝室のドアを開ける。

彼女が持ってきたトロピカルな花柄のボストンバッグはもうなかった。

ベッドの上に、耕太の洋服だけが畳んで重ねられていた。

鈴音は目を閉じて、深呼吸をした。

狼狽すれば、耕太をよけいに不安にさせてしまうだろう。それだけは避けたかった。

わざと明るい声を出す。

「すぐに帰ってくるわよ。だから、心配しなくていいの」

耕太は目をこぼれそうなほど見開いて、鈴音を見上げた。

「本当？　ママ帰ってくる？」

「帰ってくるわよ。当たり前でしょ」

　ことばというものは不思議だ。口に出せば、鈴音もそれが本当のような気分になってくる。水絵が帰ってこないはずはない。

　居候をはじめたばかりのとき、水絵は切々と耕太への愛情を訴えた。あのことばが嘘であるとはとても思えない。

　同時に、彼女がかっとしやすい性格であることも、これまでの共同生活でわかっている。一時的に頭に血が上って、荷物をまとめて出て行ったとしても、すぐに後悔するだろう。

「でも、ママ、怒ってた……」

「なにかあったの？」

　耕太は下を向いて唇を嚙んだ。

　子供の話は、要領を得ない。鈴音はゆっくり質問をしながら、水絵が出て行った状況を耕太から聞き出した。もつれた糸をほどくように根気のいる仕事だったが、ようやくだいたいのことは理解することができた。

　どうやら、水絵は鈴音が留守の間に、荷物をまとめて出て行こうとしていたようだった。昨日の大喧嘩のせいだろうが、ほとほと大人げない人だ。

　だが、耕太はそれを知ると、出て行きたくない、と言ったらしい。

胸が少し痛んだ。昨日も耕太はそう言っていた。ここにいたい、と。

鈴音は、それほど耕太や水絵によくしてあげたわけではない。それでも、耕太にとっては、これまでの仮住まいよりもよっぽど、居心地のいい家だったようだ。

それを思うと、気持ちが塞ぐ。これまでにどんな扱いを受けてきたのだろう。

耕太のことばを聞いた水絵は、逆上したように言ったという。

「だったら、ここのうちの子になったらいいでしょう！」

そう言って鞄から耕太の荷物を出して、そのままひとりで出て行ったらしい。

耕太はまだ洟をすすり上げている。目も真っ赤だからずっと泣いていたのかもしれない。

どうしていいのかわからなくなる。水絵が、たぶんいっぱいいっぱいの状態だったことは想像がつくし、その原因の一端は鈴音にもある。

だが、だからといって、彼女がこんな行動に出るとは思ってもみなかった。

耕太がまた泣き出した。鈴音はあわてて耕太の顔を覗き込んだ。

「大丈夫よ。すぐに帰ってくるから。一緒にお母さんを待ちましょう」

言い聞かせるようにゆっくりと話すと、耕太はこくりと頷いた。

「お腹空いてない？　ごはん食べに行こうか。マクドナルド好きでしょう」

本当は、ファストフードなどよりもきちんとした食事の方がいいかもしれないけど、鈴音は料理が下手だ。それに、好きなものを食べれば気分も少し上向きになる。

だが、耕太は首を横に振った。

「いらない。ママを待ってる」

そう言われて困ってしまう。家を離れている間に、水絵が帰ってくるかもしれないと耕太は考えているのだろう。

鈴音は少し考えた。この前出前を取った中華料理店は、今日は休みだ。

「じゃあ、待ってられる？　買ってくるから」

マクドナルドまでは歩いて五分ほどだ。買うのに時間がかかる物ではないから、往復十分ちょっとで戻ってこられる。そのくらいなら、耕太をひとりにしたって大丈夫だろう。

耕太はちょっと考えてから頷いた。

財布と携帯電話だけを取り出すと、バッグを自室に置こうとして引き戸を開けた。

暗い部屋の電気をつけた鈴音ははっとした。

昨日買った、防犯カメラの紙袋が部屋の真ん中に置いてあった。

鈴音の記憶では、それは本棚の横に目立たないように押し込んであったはずだった。水絵に見つからないようにしなければならないものなのに、こんなふうに、部屋の真ん中に置くはずはない。

次の瞬間、鈴音は息を呑んだ。

水絵はこれを見つけたのかもしれない。

買い物に行きながら考える。

防犯カメラを見つけた水絵はどう考えただろう。マンションの共有部にはすでに防犯カメラが設置されているし、個人が共有部にカメラを設置することはできない。

ベランダだって、共有部には違いない。

だとすれば、あとは部屋に仕掛ける可能性しか残っていない。水絵の行動を見張るために。

それはもちろん事実だ。鈴音の中にも、そこまでしていいのかという迷いや、やましい気持ちはあった。なにもなければ、録画された映像は見ないと決めて迷いを封じ込めたが、そんなことは水絵にわかるはずはない。

水絵はショックを受けたはずだ。

鈴音だって、もし自分の生活空間が勝手に隠し撮りされていたらショックだ。

それも、彼女が出て行った一因なのだろう。

だが、水絵が防犯カメラを見つけたとしたら、彼女は勝手に鈴音の部屋に入り、あちこち触っていたことになる。

鈴音が水絵に使っていいと言ったのは、寝室とリビング、そしてキッチンやお風呂などの生活に必要な空間だけだ。もう一方の部屋には入っていいとは言わなかった。絶対に入るなとも言わなかったが、常識で考えればわかるはずだ。

事実、水絵に見られたくない私信や、プライベートで使うパソコンなどは全部その部屋に置いてある。

鈴音が仕事部屋に行っている間、水絵はそれを見ることも弄ることもできた。そう思うとなんとも言えない不快感が背筋を這い上った。

これまでは、いくらなんでも彼女はそんなことをしないと思っていた。

だが、水絵とは家に転がり込まれるまで十年間も会っていなかった。彼女が本当はどんな人間か、鈴音に理解できるはずはないのだ。

幸い、通帳や印鑑、予備のクレジットカード等は仕事部屋に置いてあるが、だからといって平気だというわけではない。

なんの理由があって、水絵は鈴音の部屋に入ったのだろう。

もちろん、単に退屈して読む本でも探しにきたのかもしれないが、本棚はリビングにもある。どうしてもその部屋に入らなければならない理由はない。

駅前のマクドナルドまで出ると、レジには数人の若者が並んでいた。少し時間がかかりそうだ。

並んで待っている間、水絵の携帯に電話をかけてみるが、電源が切られているようだ。鈴音はためいきをついて、電話を切った。

耕太はひどく大人しかった。ハンバーガーとポテトを黙って食べ、鈴音がつけてやったケーブルテレビのアニメ番組をじっと見ていた。

その大人しさが、本当の感情を押し殺しているようで、鈴音の胸も痛くなる。

だからといって、それ以上なにかができるはずはない。

まだひとりで風呂に入ったことがないと言うから、Tシャツと短パンで一緒に風呂に入って髪を洗ってやった。

子供の髪は信じられないほど柔らかくて、そして少し冷たかった。

髪を乾かしてやったあと、耕太を寝室のベッドに寝かせて、鈴音は自室に戻った。まだ鈴音が寝る時間ではないし、もう少し仕事がしたかった。予定より遅れていて、そろそろ、自分に発破をかけないといけない領域にきている。

机に座ってノートパソコンを起動したが、少しもストーリーの中には入り込めなかった。空っぽな、意味のない台詞を打っては消し、を繰り返すばかりだ。

そうこうしているうち、寝室からすすり泣きのような声が聞こえてきた。

すぐに走っていって、抱きしめてあげるべきだとは思ったけれど、身体が動かなかった。求められているのは、あきらかに鈴音ではないのだから。

第六章

翌朝起きると、鈴音は真っ先に実家に電話をした。

「どうしたの、こんな時間に。元気にしてるの？」

のんきな声で尋ねてくる母のことばを遮る。

「ねえ、高校の卒業アルバムあるでしょう」

「卒業アルバム？」

家を出るときに、持ってきた覚えはない。思い出の品には違いないが、実家を出たのは大学を卒業してすぐのことだ。まだ過去を振り返りたいとも、昔を懐かしみたいとも思わなかった。

正直なところ、今でも日々のあれこれに追われて、そんな余裕はまったくない。

「さて、どこやったかしら……」

「捨ててないでしょう。だったらあるわよね」

「そんな大事な物捨てるはずはないでしょう」

卒業アルバムには卒業生の住所も書いてある。水絵の実家のことがわかるかもしれない。引っ越ししてしまった可能性もあるが、その場合は共通の知人から糸をたぐっていかなくてはならない。

どちらにせよ、卒業アルバムは必要だ。

「急ぐの?」

母の質問にははっきりと答える。

「急ぐの」

早く手がかりを探して、水絵を見つけないと、耕太が可哀相だ。

探してすぐに宅配便で送ってもらうことにして、電話を切った。

母は鈴音などよりずっと、整理整頓に力を入れる昔ながらの主婦だし、たぶん今日中に発送してもらえるだろう。明日には届くはずだ。

そのあと、もう一度水絵に電話をかけてみたが、やはり電話は繋がらない。

思わず大きなためいきをついた。

顔を上げると、耕太がパジャマのまま、リビングのドアの側に立っているのが見えた。

あわてて、笑顔を作る。

「おはよう。よく眠れた?」

耕太は頷いたが、ただの感情のない上下運動のようにしか見えなかった。

「朝ごはん作るね。食べよっか」

「でも、お姉ちゃん、朝ごはん食べないよね……」

朝、鈴音が食事をせずに出かけることを、ちゃんと覚えていたらしい。

「ぼくもいらない」

「ダメ、ちゃんと食べないと」

小さな子を食事抜きにするわけにはいかない。

鈴音は、トーストを焼き、フライパンでハムエッグを作った。黄身が固まるのを待っていたら、白身とハムが少し焦げてしまった。

ハムエッグもちゃんと作れないのかと思うと、情けなくなる。

昔は少しくらいは自炊をしていたし、目玉焼きくらいは焼いていたはずだ。

だが、ひさしぶりにすると、なにもかもうまくいかない。

バターを常温に戻すのを忘れていたせいで、トーストにもうまく塗れなかった。

バターが固まりでのったトーストと、焦げたハムエッグを出すと、耕太は文句を言わずにそれを食べた。鈴音も前に座って同じ物を食べる。

今日は仕事場に行かずに、家で仕事をするしかない。

昼はお弁当かなにか買ってきて、夜は出前でも取ろうと考える。小さな子供にあまりいい食生活ではないと思うが、仕方ない。

だが、問題は食事だけではない。

鈴音が仕事をしている間、ずっと昨日のようにアニメを見せておくわけにはいくまい。耕太だってストレスが溜まるだろう。

だが、このあたりに子供を遊ばせるような公園はない。時間さえあれば、遊園地や動物園に連れて行ってあげたいが、仕事のことを考えると難しい。

もし、面倒を見るのが今日一日だけならば、とりあえず明日から頑張ることにして、今日は耕太のために出かけてやってもいい。だが、いつ水絵が帰ってくるのかわからないのだ。

明日も明後日も同じことはできない。

子供がこんなふうに、常に注意を払っておかなければならない存在だということは、これまではっきり意識したことはなかった。

小さな子供がいる同業者は、保育園に子供を預けていた。

そのときは、「家でできる仕事なのだから、わざわざ預けなくても」と考えたが、今になってみればわかる。子供がいる状態で、仕事に集中するのは難しいことなのだ。

たぶん、耕太のような大人しい子であっても。

しかも、この家には耕太が遊べるようなおもちゃがほとんどない。

困惑しながら、水絵が置いていった耕太の荷物を探す。着替えが何枚かと、それから絵本が二冊あるだけだ。

友達の男の子は、ミニカーやプラレールをたくさん持っていた。耕太がまったくおもちゃを持っていなかったはずはない。たぶん、置いてきたのだ。もとの家に。

自分が子供の頃、どんなにおもちゃや人形を大事にしていたかと思うと、胸が押しつぶされそうだった。

食事が終わると、耕太は勝手に椅子を降り、ソファに行ってテレビをつけた。

チャンネルはアニメ番組専門チャンネルのままになっていたから、自然にアニメが流れ出す。

文句を言わずに、耕太はそれを見ていた。

ともかく、今日は少しでも仕事を進めよう。そう鈴音は考えた。今日頑張って、たくさん書ければ、明日は耕太をデパートにでも連れて行ってやることができる。

時間がつぶせるようなおもちゃや絵本が買ってあげられるかもしれない。

「じゃあ、わたしは仕事をしているわね。なにか欲しいものがあったら言ってね」

そう言うと、耕太はテレビ画面に目をやったまま、こくりと頷いた。

結局、仕事はあまり進まなかった。

絶えず聞こえてくるアニメの音がひどく気になって集中できない。だからといって、耕太にテレビを消せとは言えなかった。

腹立ちはそのまま、水絵への腹立ちに変換される。いったいどういうつもりなのだ。もちろん、彼女が追い詰められていたことはわかる。だが、それでも最悪の事態は脱していたはずなのだ。

仕事は見つかりかけていた。もちろん、水絵が言っていたように、問題は山積みでこれからも大変なことはあっただろうが、それでも一番大きな問題が片付いて、先に進めるところだったのに。

なのに、どうしてすべてを投げ出してしまうのか。

ふいに思い出す。灘に説明しておいたほうがいいかもしれない。

水絵が、堂島建築事務所に連絡をしているのかはわからないが、彼女が仕事を断っていたら、彼の顔を潰すことになるだろう。

そう思って、メールを打った。

水絵が出て行ってしまったこと、仕事も断るようなことを言っていたことを伝え、詫びのことばを書いて、送信した。

すぐに、電話がかかってきた。

「こんにちは、灘です」

低い落ち着いた声が、聞こえてきてほっとする。

「ごめんなさい。メールに書いたとおりです。せっかく紹介していただいたのに、本当にすみません」

「いやいや、なにか条件が合わなかったんでしょう。仕方ないですよね。堂島にはぼくから話しておきます」

「すみません。もし、よかったらわたしもお詫びに……」

「それには及びませんよ。面接を受けて断ったというだけなら、向こうにも迷惑はかかっていませんし」

そう言ってもらってほっとする。灘の声にも不機嫌な様子はなかった。

「でも、堂島は残念がるだろうな。『いい人を紹介してくれてありがとう』とか言って、かなり気に入っていたようだから」

それを聞いて、よけいに申し訳ない気持ちになる。なぜ、水絵はそんなに気に入ってもらえたところを、つまらない意地で断ろうと考えたのだろう。

「本当にごめんなさい。ご迷惑をおかけしました」

「いえいえ、真壁さんが謝ることはありませんよ」

時計を見ると、まだ午後四時だ。

「ごめんなさい。お仕事中じゃなかったんですか？」

「ああ、今日は授業がないんです。明日の授業の準備をしていただけです。真壁さんは、お忙しいですか?」

「ええ、ちょっといろいろと……」

思わずことばを濁す。灘は少し緊張したような口調で言った。

「今、このマンションにいらっしゃいますか?　よかったら今晩……」

どきり、とする。誘ってくれたのはとてもうれしいが、今日は無理だ。耕太を家にひとりにしておくわけにはいかない。

「ごめんなさい。本当にうれしいんですけど、今日は仕事場じゃないんです。それにこれからもちょっと時間がなくて」

「いつ頃でしたらいいですか?」

今日、灘はいつになく積極的だった。だが、タイミングが悪い。水絵はまだつかまっていない。耕太がいる限り、彼を置いて外出することなど不可能だ。

「まだ、予定が全然立たなくて……」

「そうですか……」

灘は残念そうに言った。

まるでこれでは、遠回しに「もう誘わないでほしい」と断っているようなものだ。こんな返事をすれば、もう誘ってもらえないだろう。

だが、どう言っていいのか、鈴音にはわからない。

同時に、ひどく暗い気持ちになる。

もし、水絵が見つからなければこの先、どうなるのだろう。

耕太のことは可愛いし、追い出したりするつもりはない。水絵が見つかるまでは、家に置くつもりだ。

だが、その間、気軽に自分の好きな映画を見に行ったり、友達と飲みに行くこともできないのだ。

水絵はいつも、こんな生活をしていたのだろうか。

「お忙しいんですね。身体をこわさないようにしてください」

「ええ、またメールしますね」

ぎこちない会話のあと、電話は切れた。

リビングから、馬鹿馬鹿しい主題歌が流れてくる。鈴音はこめかみを指で押さえた。

これから、どうなってしまうのだろう。


翌日の午前中、ずっしりと重い宅配便が、実家から届いた。

開けてみるとやはり、卒業アルバムだった。少し色あせた表紙には見覚えがある。

ページをめくると、懐かしい顔がたくさん並んでいる。鈴音は今よりも太っていて、風船のようにぱんぱんに張った頬をして笑っている。

この頃は、太い自分の足や、ぷくぷくしたほっぺたが嫌いで仕方なかったけど、今、こうやって見てみると、そんなに醜いわけではない。粒子の粗い写真でさえも、若さがみなぎっているのがわかる。

水絵のクラスがすぐに思い出せなかったので、クラブ活動のページを見る。

合唱部の写真の中で、水絵は笑っていた。

色素の薄い、天然パーマの髪、抜けるように白い肌。本当に、人形のように可愛らしい。

卑屈で、澱《よど》んだような目をした今の水絵とはまるで違った。顔立ちではなく、醸し出す空気が。

時は残酷だ。そう考えて気づく。残酷なのは時そのものより、生きていくことなのかもしれない。

そういう意味では鈴音だって一緒だ。この頃の若さは、もう鈴音には残っていない。肌には張りがないし、シミだって浮いてきている。巻き戻すことなど、決してできない。

感傷に浸っている場合ではない。鈴音は急いで、巻末の連絡先までページをめくった。

水絵の名前の横にある。住所と電話番号をメモする。

どうぞ、水絵の身内に繋がりますように、と祈りながら、番号をプッシュする。

呼び出し音は不安になるほど長く続いた。

電話に出たのは、不機嫌そうな声の女性だった。おそるおそる尋ねる。

「あの……古澤さんのお宅ですか？」

「そうですけど？」

やった！　と叫びたいような気持ちになる。小さく胸元で拳《こぶし》を握った。

「わたし、高校で水絵さんと一緒だった真壁と申します。少し用があって、水絵さんと連絡が取りたいんですけど……」

女性は投げやりな口調で言った。

「水絵はもうこの家にはいません。長いこと連絡も取っていません」

鈴音は息を呑んだ。

「……そうですか……」

耕太のことを話すべきか迷ったが、それより早く電話は切れた。

当然、予測できたことだった。今電話に出たのが、彼女の母親かもしくはほかの身内かはわからないが、もしまだつきあいがあるのなら、実家に帰ればいいのだ。

実家との関係が良好なはずはない。

ともかく、もしどうしても水絵から連絡がなければ、耕太は水絵の実家に引き取ってもらえばいい。そう思うと、少し気が楽になった。

リビングに行くと、耕太はソファでくうくうと寝息を立てていた。

寝顔は穏やかで、そのことにほっとする。その顔を眺めていると、手の中の携帯が震えた。

耕太を起こさないように、廊下に出る。

水絵かもしれない。水絵であってほしい、と思いながら。

だが、電話は茉莉花からだった。

「鈴音ちゃん、忙しい？　よさそうな店を見つけたから、一緒に行かない？」

茉莉花なら遠慮することはない。

「ごめん、しばらくは無理みたい」

「忙しいの？」

「それもあるけど……」

ことばを濁した鈴音に、茉莉花はなにか気づいたようだった。

「なに、なにかあったの？」

「実は……前話した友達、出て行っちゃったの」

「あら、よかったじゃない。仕事見つかったの？」

「そうじゃなくて、喧嘩しちゃって」

「鈴音が気に病むことないでしょ。鈴音は充分親切にしてあげたわよ」

そう言われると、少し罪悪感が薄まる。

「ただ、息子をうちに置いたままなの」

「なにそれ！」

茉莉花は呆れたような声を出した。無理もない。鈴音だって呆れている。

「だから、しばらくは飲みに行けないの。まだ小さいからひとりで長い時間留守番させるわけにはいかないし」

「その人の兄弟とか、ご両親とかいないの？」

「実家にはまだ身内がいるみたい。でも、ほとんど交流がないみたいなの」

「それでも身内でしょう。実家に連絡して迎えにきてもらいなさいよ」

「うん……もうちょっと待ってから」

そう言うと、茉莉花は驚いたようだった。

「どうして？　すぐにきてもらえばいいじゃない」

たぶん、その気になれないのは、水絵が実家と断絶した理由がわからないからだ。身内がどんな人かもわからないし、簡単に耕太を託す気にはなれない。

茉莉花が電話の向こうでためいきをついた。

「時間が経てば、よけいに心苦しくなるし、その子だって鈴音に懐くでしょう。こういうことは、感情を交えずにさっさと普通の行動を取った方がいいの」

そうなのかもしれない。だが、水絵はすぐ後悔して連絡をよこすはずだ。そんなとき、つきあいのない実家に、耕太を置いて行ったことが知られると、気まずいのではないかと思う。

「一週間待ってみるわ。それから連絡する」

「……まあ、鈴音がそれでいいのならいいけど……」

茉莉花が自分のことを心配して言ってくれていることはわかる。そのことは素直にうれしい。

「じゃあ、また連絡するわ。ダメよ、あんまり自分ひとりで抱え込んじゃ」

「うん、ありがとう」

通話を終えたあと、携帯電話を見ると、いつの間にかメール着信があった。

茉莉花と話している間にきたようだ。灘からだった。

「話したいことがあります。今日か明日、時間もらえないですか?」

驚いて、メールを読み返す。

昨日、忙しいと言って断ったはずなのに、なぜ、こんなにしつこく言ってくるのだろうか。

これまでは、そんなに積極的なわけでもなかったのに。

なぜか、ひどく不吉な予感がした。


電話をかけ直すと、灘はすぐに出た。

「お忙しいとおっしゃってるのに、申し訳ないです」

ひどくあらたまった口調になっている。

「なにかあったんですか？」

「さっき、堂島と話をしたんです。そのことで……」

はっとする。堂島建築事務所が関係あるということは、水絵の話だということだ。

「電話じゃない方がいいんですよね……」

「……できれば。もちろん、お忙しいなら無理は言えないですけど……十分か二十分だけでも」

鈴音は少し考え込んだ。そのくらいだったら、耕太にだって留守番はできるだろう。往復の時間を考えても一時間足らずで帰ってこられる。

リビングに行くと、耕太は寝ぼけたような顔で、ソファに起き上がっていた。寝起きのせいか、表情がひどく幼い。

「ねえ、耕太くん。お姉ちゃん、一時間くらいで帰ってこられるから、ちょっとだけお留守番できる？」

耕太は唇を少し突き出したが、そのあとこっくりと頷いた。

「チョコレート買ってきてくれる？」

甘えるようにそう言うのを聞いて、鈴音は笑った。

「わかったわ。買ってくる」

水絵がいなくなってから、はじめての子供らしい要求だった。

「ほかには？　チョコレートだけでいい？」

「コーヒー牛乳も」

「買ってくるから、ちゃんと大人しくしててね」

テレビをつけて、チャンネルをケーブルに合わせてやる。

耕太は喉は渇いていないと言ったが、念のため、オレンジジュースをコップに注いでテーブルに置く。

「じゃ、なるべく早く帰るからね」

そう言ったが、耕太の目はすでにテレビアニメに釘付けだった。苦笑して、鈴音はバッグを手に取った。


待ち合わせをしたのは、以前も灘と会った喫茶店だった。

ランチの時間以外は空いていることの多い店だが、この日はほぼ満席だった。困惑しながら灘を探していると、いちばん奥の席で彼が手を上げた。

「本当にすみません。わざわざお呼び立てして」

「いいえ、近所ですし、それは別に……なにかあったんですか？」

「古澤さんのことなんですけど」

鈴音ははっと、居住まいを正した。建築事務所のことだとは聞いていたから、水絵に関係があることはわかっていた。彼女がなにかしたのだろうか。

ちょうどウエイトレスが注文を聞きにくる。メニューも見ずにコーヒーを頼むと、鈴音は灘を促した。

「水絵がどうかしましたか？」

灘は少し言いにくそうに下を向いた。

「古澤さん、なにか言ってませんでしたか」

なにかと言われても、思い当たらない。

「その……堂島のところを断る理由とか……」

「なにかトラブルがあったときに、わたしに悪いから、紹介されたところには行きたくないって言ってました」

今思い出しても少し腹が立つ。そう思っているのなら、面接なども受けに行かなければよかったのだ。

「そうですか……」

灘はふうっとためいきをついた。

「実は先ほど堂島に連絡したんです。真壁さんから聞いたことを伝えるために。堂島はすごく残念がっていました。どうも……古澤さんのことをかなり気に入っていた様子なんです」

ふと、妙な気がした。彼の口調になにか含みのようなものを感じた。

視線で問い質《ただ》すと、灘は額の汗を拭った。

「どうやら……面接が終わったあと、彼女を食事に誘ったらしいんです」

「え……？」

灘は言い訳をするように早口になった。

「堂島は既婚者ですから、まさかそんなことをするとは思ってませんでした。ただ、どうも奥さんとはうまくいかず、離婚協議が進んでいるということを、はじめて聞きました」

どう返事をしていいのかわからない。

もし、面接をされて採用が決まったとしても、そのあとすぐに食事に誘われたとしたら。

それが、好きになれそうな相手だったらうれしい出会いだろう。だが、そうではなかったとしたら。もしくは、相手にかかわらず、だれかと恋愛関係になることを避けたいと思っていたとしたら。

「堂島自身は、しれっとしています。『別に悪いことをしたわけではないし、嫌なら誘いを断ればいいんだから』と言っています」

もちろん、それも間違っているわけではない。断っても、ほかに仕事が選べる立場ならば。

頭痛がするようだった。眉間《みけん》を指で押さえて、鈴音は考え込んだ。

水絵が堂島建築事務所で働くことをためらったのも、無理のないことだと思えてくる。肝の据わった女性ならば、誘いを断りつつ、仕事は別と割り切って働くことができるかもしれないし、堂島もそんなことを気にする男ではなかったのかもしれない。

だが、一度、男性から手ひどい扱いを受ければ考えは変わる。できるだけ、トラブルが起こりそうな場所からは遠ざかりたいと考えるようになる。職場の上司が下心を抱いている状態では、快適に働くことなどできるはずはない。

ウエイトレスがコーヒーを運んでくる。灘は頭を下げた。

「なんというか……紹介したせいで、むしろご迷惑をかけてしまって申し訳ありません」

「灘さんが悪いわけではありませんから……」

堂島という男も、糾弾するほどひどいことをしたわけではない。ただ、食事に誘ったというだけだ。

それでも、水絵にしてみれば、その職場で働くことは躊躇してしまうだろう。

ちゃんと話してくれればよかったのに。そう思って鈴音は唇を噛んだ。

だが、事実を話すこと自体が、そんな職場を紹介した鈴音を責めることに繋がってしまう。そう考えたのかもしれない。

そして、鈴音はそれを知らずに、水絵を責めた。小さな口論はやがてむき出しの感情のぶつけ合いになり、そして水絵は出て行った。

鈴音だって、ちゃんと話を聞けばよかったのだ。

いきなり腹を立てずに、水絵がなぜそんなことを言い出したのか考えれば、面接のとき、なにかあったということに、思い当たったかもしれない。

灘はもう一度頭を下げた。

「本当にすみませんでした」

「いえ、いいんです。気にしないでください」

鈴音はあわてて笑顔を作った。


帰り道、気持ちは泥をかき混ぜたように濁っていた。

もっと、水絵の気持ちになって考えてあげられれば、と思う気持ちと、自分だけが悪いんじゃないと思いたい気持ちが交差して、わけがわからなくなっている。

コンビニの前を通ったとき、耕太にお土産を頼まれたことを思い出した。

中に入って、チョコレートとコーヒー牛乳を籠に入れた。ほかにも、気晴らしになりそうなおまけのついたお菓子をいくつか選び、レジで代金を払う。

耕太は喜ぶだろうか、そう考えると、自然と笑顔が浮かんでくる。

たとえ、お菓子のひとつふたつでも、自分のための買い物とはまったく違う。

鈴音には姪《めい》っ子や甥っ子などもいないから、はじめて知る感覚だ。少しでも耕太が喜んでくれるといい。

自宅に帰り着いて、鍵を鍵穴に入れたとき、おや、と思った。

まわした鍵には手応《てごた》えがない。ドアの鍵が開いていた。

出て行くときには間違いなく鍵をかけたつもりだが、あわてていて、かけ忘れたのだろうか。

おそるおそるドアを開ける。リビングからはテレビの音が聞こえてきた。

声優のわざとらしい喋り方。アニメ番組が流れていることは、廊下のこちら側からでもわかる。

「ただいま。今帰ったわよ」

できるだけ明るい声でリビングに向かって話しかける。

「耕太くんの言ってたチョコレートとコーヒー牛乳も買ってきたよ」

返事がない。また居眠りでもしているのかもしれない。

リビングのドアを開けて、鈴音は立ちすくんだ。

テレビの前のソファには、誰も座っていなかった。

「耕太くん？」

とく、とく、と、心臓が小刻みに音を立てる。

「耕太くん、いないの？」

トイレのドアをノックしてから開ける。誰もいない。

寝室のドアを開けて、ベッドの布団をめくった。誰も寝ていない。

じわり、と汗が噴き出してくる。

「耕太くん、どこにいるの？」

焦ってはいけない。どこかにいるはずだ。

そう言い聞かせながら、ドアを開けていく。鈴音の部屋、バスルーム、クローゼット、ベランダ。どこにも耕太はいなかった。

鼓動が早鐘のように鳴る。

ひとりで住むのには広めとはいえ、しょせんは２ＬＤＫのマンションだ。どんなに探し回ったってたかがしれている。

もう認めるしかない。耕太はこの部屋にはいない。

気持ちを落ち着けるために、ソファに座って呼吸を整える。

水絵が鈴音の留守に帰ってきて、耕太を連れて行ったのかもしれない。それならば、心配はない。

もし水絵が連れて行ったのなら、耕太の衣類や絵本も一緒に持って行くはずだ。念のため、もう一度寝室を覗いて確かめる。

耕太の洋服は、ベッドサイドのテーブルに畳んで置いてあった。気づかないような場所ではないから、忘れていったというのは考えにくい。

やはり水絵ではないのだろうか。

耕太が勝手に出て行ったのかもしれない。

そう考えるとぞっとする。いくら大人しくて賢いといってもまだ子供なのだ。寂しくなって、水絵を探そうと考えて飛び出した可能性もある。

背筋が冷たくなる。

男の子でも、変質者に連れ去られて、殺された事件はある。油断はできない。

警察に連絡すべきだろうか。それとも、このあたりをひとまわりして、探すべきだろうか。探している間に耕太が帰ってきたらどうなるのだろう。

耕太は鈴音の携帯電話の番号も知らないし、鍵も持っていない。不安は風船のようにどんどんふくらんでいく。

泣きたくなった。もし、耕太が帰ってこなかったり、何者かに殺されたりしたらどうすればいいのだろう。

水絵はきっと半狂乱になって、鈴音を恨むだろう。

やはり留守番なんかさせずに、一緒に連れて行くべきだったのだ。吐き気のような後悔がこみ上げる。

あのときは、水絵の話だろうから耕太には聞かせたくないと考えてしまった。鈴音の判断ミスだ。

しばらく迷って、鈴音は警察に行くことにした。

家まで戻ってこられるのならいいが、道に迷って保護されたのなら警察に連れて行かれるだろう。

たぶん、耕太はこの家の電話番号や住所は覚えていない。

水絵の携帯番号ならば知っているかもしれないが、水絵はずっと電源を切っている。

鈴音はもう一度水絵の携帯電話に連絡をした。

やはり、これまでどおり、電源を切られているというアナウンスが流れてくるだけだ。

あらためて怒りがこみ上げてくる。耕太にもしものことがあったらどうするのだろう。

もちろん、鈴音だって悪いが、もとはと言えば置き去りにした水絵がいちばん悪い。母親なのに無責任すぎる。

だが、怒ってばかりいるわけにはいかない。耕太を探さなければ。

鈴音はまず、マンションのドアの前に張り紙をすることにした。

「耕太くんへ、ここでまっててね」

耕太に読みやすい位置にそう書いた紙を張る。いくら耕太が帰ってくるかもしれないとしても、鍵を開け放して出かけるわけにはいかない。

それから、次に管理人に話をした。

家に遊びにきていた子供がいなくなったと言うと、管理会社から派遣されている男性はひどく驚いた。

六十代くらいの男性だが、子供好きらしく、マンションにいる子供とよく遊んでいるのを見かける。

耕太の服装や年齢を伝えて、それらしい子供がいたら、保護して鈴音の携帯に連絡をくれるようにと頼む。

管理人は快く引き受けてくれた。

それから、近所の交番に走る。遊びにきていた友達の子供がいなくなったと言うと、精悍《せいかん》な顔をした若い警察官は真っ先に「お母さんは？」と尋ねた。

やはり、それは不思議に思うだろう。

「携帯電話にかけてみたんですけど、繋がらないんです」

一応そう説明したが、やはり警察官は少し不審そうな顔をしていた。

耕太の年格好と、鈴音の住所と携帯番号を伝える。これでどこかの警察に保護されても、鈴音のところに連絡がくる。

交番を出たあと、鈴音は自分でも近所を探すことにした。出て行ったとしてもそう遠くへは行かないだろう。

過去に新宿から電車に乗って帰ってきたこともあったが、だからといってたったひとりで、電車に乗ってまでどこかに行くとは考えにくい。

耕太の名前を呼びながら、近所の公園や路地を探してまわった。いつ連絡があってもいいように携帯電話は握りしめたままで。

子供の姿は見かけたが、耕太はどこにもいない。頭の中で不安がどんどん肥大していく。大通りにでも出て交通事故に遭っていたら。変質者にさらわれて、無残に殺されていたら。悪い空想ばかりが次々と浮かんで、平常心を呑み込んでいく。

はじめて耕太と会ったデニーズに行ったあと、彼が好きだというマクドナルドも覗いた。やはり耕太は見つからなかった。

心が穴だらけになったようだ。今までこんな不安は経験したことがない。

二時間は探し続けただろうか。外はうっすらと暗くなりはじめていた。握りしめた携帯電話は汗でびっしょりと濡れていた。

追い詰められたような気持ちでふらふらと探し歩くうち、それまで一度も鳴らなかった鈴音の携帯電話が着信音を奏ではじめた。

飛びつくように電話に出る。

「はい!」

連絡は交番からだった。

「古澤耕太くんと名乗る少年が、水道橋の交番で保護されたそうです」

鈴音は悲鳴のような声を上げていた。

「ありがとうございます！　すぐに向かいます」


耕太はうつむいてパイプ椅子に座っていた。

顔を見た瞬間、鈴音は泣き出してしまった。怪我をしている様子もなく、服も汚れていない。無事でいてくれたことがなによりもうれしかった。

「どうしたの……。どうして家を出たりしたの！」

「……ごめんなさい」

怒られることをした自覚はあるのだろう。しょんぼりとうなだれて、泣きそうな顔になっている。

その表情を見ると、それ以上怒れなくなる。こんな小さな子が、自分の家ではない家で、家族と引き離されてひとりで留守番をさせられたのだ。不安になって当然だ。

ほっとしたのもつかの間、連れて帰るときにまた一問着あった。

母親でもなく、身内でもない鈴音が、耕太を連れて帰ることに警官たちは難色を示した。

「お母さんはいらっしゃらないんですか？」

仕方なく、鈴音は耕太が家にいる理由を話すことにした。

母親が行方不明だと言うと、警官は眉間に皺《しわ》を寄せた。

「ほかに身内の方はいらっしゃらないんですか?」

「母親の実家はわかっているので、そこに尋ねれば……。でも、母親から連絡がくるのではないかと思って待っているんです」

警察官はきっぱりと言った。

「ご実家に連絡された方がいいと思います」

念のためにと、水絵の携帯電話の番号と、鈴音の運転免許証番号まで控えられて、やっと耕太を連れて帰ることを許してもらえた。

ほっとして、耕太を連れてタクシーに乗り込んだ。

今日はもう仕事どころではない。帰ったら、出前でも取って耕太に食事をさせて、あとはぐっすりと眠りたい。

耕太はまだ泣きそうな顔で下を向いている。怒るつもりはないが、念のために尋ねた。

「どうして、家を出たの?」

「窓から、ママが見えたんだ……だから……」

そう言って耕太は唇を噛んだ。

本当に水絵がいたのか、それとも耕太の見間違いだったのかはわからない。

だが、この一件で、鈴音の心は決まった。

水絵の実家に連絡をしよう。そして耕太を引き取りにきてもらおう、と。

警察に言われたから、というよりも、探しているときのあの揺さぶられるような不安感を思い出すと、そうするしかないように思えたのだ。

今回、耕太は無事だった。だが、もし、本当に変質者に出くわして、連れ去られていたら。車の前に飛び出していたら。

それは薄い皮ひとつ隔てた、リアルな恐怖だった。

もし、そんなことがあれば、鈴音は絶対に責任を取れない。置いて行った水絵はともかくとして、耕太にはほかに父親も、親戚もいるはずだ。ほかの身内たちは激怒するだろう。

どうして自分たちに連絡しなかったのだと考えるはずだ。そして、その考えは正しい。

鈴音には耕太を家に置いておく権利はないのだ。

帰ると、鈴音は耕太に尋ねた。

「ラーメン食べる？」

耕太はやっと笑顔になって頷いた。

食事が終わると、すぐに耕太も目を擦《こす》りはじめた。

迷子になったことで、彼自身もくたびれてしまっていたようだ。歯を磨かせて、ベッドに寝かせると、鈴音は電話を取った。

今朝知った、水絵の実家の番号をプッシュする。

「はい？」

不機嫌そうな女性の声が聞こえてくる。鈴音は呼吸を整えた。

「あの、今朝もお電話した真壁と申します。古澤水絵さんとは同じ高校でした」

「ですから水絵は……」

「それは知ってます。でも、お話があるんです。水絵さんのお母さんですか？」

「姉です」

お姉さんがいたとは知らなかった。だが、だとしたら耕太の伯母さんだ。

「耕太くんは知ってますよね」

電話の向こうで女性がはっとする気配がした。

「耕太がどうかしたんですか？」

あきらかに耕太を心配している声だった。

「耕太くん、今、うちにいるんです。わたしが預かってるんです」

「ええっ、じゃあ水絵は?」

鈴音は誤解を受けないように、ことばを選んで説明した。できれば水絵が悪者になってしまうことも避けたかった。

仕事が見つからずアパートも追い出された水絵が、鈴音を頼って家にきたということ、しばらく滞在していたが、ちょっとした誤解で喧嘩になってしまい、水絵が二日前に家を飛び出して連絡が取れなくなってしまったこと。

あんなにいろいろとあったはずなのに、ことばにしてみれば、物事はひどく単純だ。

水絵の姉は、まるでためいきのような声を出した。

「あの子、またあちらこちらに迷惑をかけて……本当に申し訳ありません」

「いえ、それはいいんです」

怒られたり、あやしまれるようなことはなく、鈴音はほっと胸を撫で下ろした。

「耕太くんはいい子だし、少し預かるくらいは別にかまいません。でも、もしなにかあったらと思うとやっぱり心配ですし、わたしも仕事がありますので、耕太くんをずっと見ていることはできないです」

「そうですよね。ええ、本当にそうだと思います」

彼女は何度もそんなふうに相づちを打った。

「それでは、ちょっと家族と相談してなるべく早く耕太を迎えに行きます。折り返し、お電話させていただいてもよろしいかしら」

電話番号を伝えて、電話を切る。

鈴音は大きく息を吐いた。肩にのしかかっていた重いものが、やっと取り除かれた気がした。

なによりも、水絵の姉が耕太を邪険にするような様子がなかったことにほっとした。姉がいるのに頼っていないからには、水絵と姉の仲は決して良好とは言えないものなのだろう。だが、それでも耕太のことは伯母としてちゃんと心配しているように感じられた。耕太が、伯母の家で邪魔者扱いされるようなことはないだろう。

鈴音の希望も入っているかもしれないが、不安は取り除かれた。

水絵がどう思うかはわからないが、耕太を置いて家を出て行ったのは彼女の方だ。水絵に責められる理由はない。

少し寂しいような気持ちもするが、それでも仕方がない。

鈴音は自分を無理矢理納得させた。


電話は三十分後にかかってきた。

「ご連絡が遅くなってすみませんでした。明日の午後、迎えに行けると思います」

考えていたより早いが、もちろん鈴音に断る理由はない。

新幹線で上京してくると言うので東京駅で待ち合わせをすることにする。

十四時に八重洲中央改札のドトールで会うことにして、予定が変更になったときのために携帯電話の番号を教え合う。

そのあと、水絵の姉が言ったのは意外なことばだった。

「耕太の父が迎えに参ります」

息を呑む。耕太の父親ということは、水絵の別れた夫ということになる。水絵は、夫に暴力をふるわれたと言っていた。

そんな男に、耕太を引き渡して大丈夫なのだろうか。

受話器を強く握って尋ねる。

「あ、あの……水絵さんの別れた旦那さんということですか」

「ええ、そうです」

「耕太くんは、お父さんに懐いているんですか？」

水絵の姉はなぜ、そんなことを聞くのだ、というように答えた。

「当然でしょう。父親ですから」

まだ困惑していると、彼女は続けて言った。

「水絵がなにを言ったかわかりませんが、昭彦《あきひこ》さんはそんなひどい人ではありませんよ。耕太のことも可愛がっているのに、あの子が無理矢理耕太を連れて、家を出て行ったんです」

それを聞いて、少し見当がついた。

彼女は、水絵の別れた夫と仲がいいのだろう。なんらかの繋がりがあるのかもしれない。

それで、水絵は姉を頼ることができなかったのだ。

不安がないわけではないが、相手が耕太の父となると、よけいに鈴音には引き渡さない理由はない。あきらかに耕太を虐待したという証拠でもなければ。

待ち合わせ時間と場所を確認してから、鈴音は電話を切った。

それから、念のため、もう一度、水絵の携帯に電話をかけた。

聞こえてきたのは、やはり電源が入っていないことを知らせるアナウンスだけだった。

第七章

翌朝、鈴音は耕太を起こして、目玉焼きと菓子パンを食べさせた。

結局、水絵が出て行ってから、仕事はほとんど進んでいない。寂しいのか、耕太は鈴音のそばにいたがったし、鈴音がパソコンと向かい合っているときも、しょっちゅう話しかけてきた。そのたびに集中力が削《そ》がれる。

大人しくさせるために、テレビを見せても、テレビの音が気に障る。小さく設定しても、耕太が自分で音量を上げてしまうのだ。

彼が悪いわけではないのだから、叱ることだけはしたくなかった。ただでさえ、昨日から耕太は少し萎縮している。飛び出したせいで、鈴音に心配をかけたことは理解しているようだった。

その勘の良さが、彼の見つけた生きるすべのように思えて、よけいに痛々しく感じられる。

だが、やはり鈴音には彼の面倒を見ることはできない。

彼のことは可愛いと思うし、心配している。だが、鈴音には鈴音の生活があり、それを耕太のためにすべて投げ出してしまうことは不可能だ。

水絵のときと、一緒だ、と思う。

大人だからこそ、その無神経さが気に障った水絵とは違い、耕太は子供で、彼自身にはなんの責任もない。なのに、彼のためになにもしてやれない自分が歯がゆい。

自分がひどく思いやりのない人間のように感じられて仕方ないのだ。

一方で、もし耕太を家に置いたままで、なにか事故が起こってしまったらと思うと、どうすることもできない恐怖に襲われる。

自分の子供ではなく、彼にちゃんと両親がいる以上、鈴音に責任が取れるようなことではない。

耕太の洋服や絵本を紙袋にまとめていると、耕太は不思議そうに尋ねた。

「おかあさんが迎えにくるの?」

鈴音は一瞬ことばに詰まった。だが、嘘はつきたくない。

「お父さんが今日迎えにくるから、お父さんと一緒に帰るのよ」

耕太は小さく口を開けて、そのまま閉じた。

なにか言おうとしてやめたように思えた。少なくとも、彼は喜んでいない。そう鈴音には思えた。

「お父さん好き?」

聞いてみると、耕太は下を向いた。好きではないのだ、とその仕草でわかった。

「おばちゃんは？　知ってるでしょ。お母さんのお姉さん」

「古澤のおばちゃん？」

古澤は水絵の姓だからたぶんそうだ。

「うん、そう」

「古澤のおばちゃんは、好き」

そのことばを聞いて、ほっとする。少なくとも、耕太には味方がいないわけではない。

会ったことはないが、耕太の父がひとりで耕太の面倒を見られるとは思わない。彼にも仕事がある。水絵の身内も協力するはずだ。

「おばちゃんにも会えるよ」

耕太は少し考え込んだ。

「おかあさんは？」

その質問に答えるのはつらい。鈴音にはこう言うしかない。

「すぐにお母さんが迎えに行くよ」

それを聞いて、耕太はやっとほっとした顔になった。

その表情を見て、胸が痛む。水絵のしたことは今でも許せないと思っているが、耕太はやはり母親を慕っている。父親ではなく、水絵と一緒にいたいと思っているのだ。

父親はひどい人間ではないと、水絵の姉は言っていた。だが、家庭の問題は外からではわからないことが多い。少なくとも、耕太は父親が迎えにくると言っても喜ばなかった。

どうすればいいのだろう。水絵に連絡が取れないことがひたすらもどかしい。

不安そうな目をする耕太に、鈴音はとりあえず笑顔を見せた。

もしかしたら、耕太は傷つくのかもしれない。

鈴音が、彼を持て余して、水絵の実家に連絡をして引き取りにきてもらったということを、あとで知ったときには、ショックを受けるのかもしれない。

耕太は、この家にいたいと言ってくれた。だが、鈴音にはその願いを叶えることができなかった。

鈴音にももちろん言い分はあるけれど、耕太にとっては見放されたことには変わりはないだろう。

彼がこの先、その傷を胸の奥に抱えて大きくなるのだと思うと、どうしていいのかわからなくなる。

自分が強くないことが情けなかった。

耕太を連れて、電車に乗るのが少し不安で、鈴音は自宅からタクシーで東京駅に向かった。タクシーを降りて、待ち合わせ場所のドトールに向かう。店内に入ると、手前のテーブルに座っていた男性が立ち上がった。

「耕太！」

握っていた耕太の手が一瞬、強ばった気がした。

顔を覗き込むと、耕太は笑っているのか、怒っているのかわからないような表情で何度かまばたきをした。

「耕太、心配したぞ！」

彼の父らしき男性は、耕太のそばにしゃがみ込んだ。耕太は小さな声で言った。

「ごめんなさい。お父さん……」

「おまえが悪いんじゃない。悪いのはお母さんだ。なあ」

その言い方にかすかに違和感を覚えて、鈴音は男性の顔を見た。

男性はやっと鈴音に気づいたように立ち上がった。

「今回は水絵がご迷惑をおかけしました。梅森《うめもり》と申します」

「水絵さんの……」

「ええ、離婚した夫です」

ともかく、耕太を彼に預けて、鈴音はカウンターで飲み物を頼んだ。自分のコーヒーと、耕太のためにオレンジジュースを注文する。飲み物をのせたトレイを持って、テーブルに向かった。

耕太は唇を引き結んで、椅子に腰を下ろしていた。少し怒っているような顔に見えた。

「耕太くん、ジュース」

ストローを差して渡すと、彼は上目遣いに鈴音を見た。梅森が軽く、耕太を小突いた。

「ほら、お礼を言いなさい」

「……ありがとう」

「いえ、いいんです。そんなの」

低い声で耕太はそう言うと、ストローを口に含んだ。音を立ててジュースを飲む。

「すみません。ありがとうございます」

梅森は鈴音に頭を下げた。

「いえ……」

彼は、鈴音が勝手に抱いていたイメージとはずいぶん違う人だった。小柄で丸顔の人懐っこそうな人だ。暴力をふるうと聞いていたから、勝手にがっしりとした体格のいい人だと思っていた。

「事情を話していただけないでしょうか。水絵が耕太を置いて行ったという話を聞きましたが、それは本当ですか？」

鈴音は耕太の方を見た。彼はジュースをストローで吸い上げていたが、話に耳をそばだてているように見えた。

「水絵さんは、しばらく――十日くらいうちに滞在していたんです。そのうち、ちょっと口論になってしまって……いえ、わたしもちょっと苛々してたし、彼女の話をちゃんと聞かなかったのが悪いんですけど、それでかっとなって家を出てしまったようなんです。たぶん、もうちょっと待っていると彼女からも連絡があると思うんですけど、わたしも仕事がありますし……それで水絵さんの実家にご連絡を、と思いました。耕太くんはいい子だけど、うちで怪我をするような事故とかあったら、わたしには責任が取れませんから」

「そうでしょう。そうでしょう」

彼は大げさに頷いた。

「昔から、自分勝手で、大人しいかと思ったら、急に自己主張をする女で、ぼくも手を焼いていたんです。コミュニケーションがうまく取れないというか……」

たしかに水絵にはそういうところがある。だが、彼の言い方は少し気に障った。耕太が聞いているところで、初対面の女性に前妻の悪口を言うのは、少しひどい。

「それで、あなたに世話になってたんですか？　経済力もないのに離婚なんてして、どうするかと思ったら、人の家に居候するなんて」

梅森の口調に、思わず反論してしまう。

「今は不景気ですし、働いていても急にリストラされることはあります。シングルマザーで働くのは、どうやっても大変ですから……」

「それだって、水絵が選んだことだ。ぼくは耕太の親権を手放したくはなかった。再婚相手の候補もいたし、その彼女も可愛がってくれました。それなのに、水絵が強情を張って、耕太を引き取ると言って聞かなかったんです。家庭裁判所は、親権に関しては女親に甘いですからね」

思わず膝の上で拳を握りしめてしまった。

再婚相手の候補がいたということは、言い換えれば、離婚が決まらない時点からつきあっている女性がいたという話ではないだろうか。

「それに、もともと離婚だって、彼女が言い出したことだ。ぼくは離婚するつもりなんかなかったんです。彼女はなんて言ってましたか？」

いきなり問いかけられて戸惑う。

「なんて……とは？」

「離婚の理由です」

「それは、はっきりとは……」

鈴音はことばを濁した。暴力をふるわれたとは聞いたことがあったが、それを本人や耕太の前で口にする気にはなれなかった。

「そうですか。DVとか言ってませんでしたか?」

彼にはっきりと言われて、反応に困る。彼は唾を飛ばしかねない勢いで話し続けた。

「それだって、ほんの些細なことなんです。酔っているとき、水絵の方から挑発するようなことを言われて、つい、かっとなって……。でも、それも策略だったんでしょう。水絵はいつの間にかDV問題に強い弁護士に相談していて、そのときの写真や診断書などもちゃんと用意していたんです。あとで後悔しても遅かった。嵌《は》められたんですよ」

その言い分を素直に受け取ることはできない。

「嵌められたって……。でも暴力はふるったんですよね」

「数えるほどですよ。いつもだったわけじゃない。それに水絵の方が挑発したんです」

わからない。一緒に生活していて知ったが、水絵はたしかに、相手の気持ちを逆撫でするようなことを言うことがある。だが、あれは挑発だったのだろうか。単に、自分の意思を表現したり、人の感情に配慮することがうまくないだけのように見えた。

それに、実際に暴力があり、離婚と水絵の親権が認められるだけの事実はあったということだ。

水絵は嘘をついていたわけではない。

始終、この男のことばは、水絵のことを馬鹿にしているように聞こえて、それも不快で仕方なかった。

だが、事実について彼と口論しても仕方ないだろう。

彼は胸を張って言った。

「水絵の母や姉も、ぼくの味方についてくれました。水絵が言うような理由で離婚なんてするものじゃない、と。それなのに、水絵がどうしても別れたいと言ったんです。どんな目に遭ったって、彼女の責任だ」

彼の言うことがわからなかった。

もう結婚生活を続けたくない、と水絵に思わせてしまったのは、彼自身だ。そう思ったからには、離婚を申し立てる権利はある。しかも、暴力があったというのならなおさらだ。

彼の責任を少なく見積もったとしても、双方が悪いとしか思えない。なのに、彼は水絵だけが悪いと考えている。

一事が万事だと考えると、鈴音だって彼と生活していきたいとは思えない。

彼は息を吐くと、残っていたアイスコーヒーを飲み干した。

「ともかく、ありがとうございました。耕太はぼくが引き取ります。水絵には渡しません」

激しい後悔がこみ上げる。

水絵の実家に連絡するのではなかった。こんなことになるとは思わなかった。

せめても、鈴音は言った。

「それは耕太くんの気持ち次第ではないでしょうか」

「子供には環境が大事です。わたしは再婚するつもりですし、新しい妻もいい人で耕太のことも可愛がってくれるでしょう。今はともかく、高校や大学に入るとき、水絵ではできることも限られている。耕太が今、水絵に懐いていたとしても、これから先、あの女とふたりで生活していくことが、いいことだとは思えない」

黙っていられなかった。

「あなたが援助してあげればいいんじゃないですか？　水絵さんと暮らしていても、耕太くんはあなたの息子でしょう」

彼の表情に、あきらかな不快感が表れた。

「嫌ですよ。水絵と暮らしている限り、耕太が彼女にどんなことを吹き込まれているかわかりません。自分が嫌われるために金を払う馬鹿はいないでしょう」

それで、彼は養育費の支払いを拒んだのだろうか。水絵は少しでも早く縁を切るために、養育費を受け取ることはあきらめたと言っていた。

梅森は鈴音に向かって頭を下げた。

「ともかくありがとうございました。耕太のことは心配しないでください。お礼はまた改めて」

彼は立ち上がると耕太を見下ろした。

「行くぞ、耕太」

耕太は父親を見上げると、足をばたばたとさせた。

「嫌だ。おかあさんを待ってる！」

「お母さんはこない。帰るんだ」

梅森がそう言ったとたん、耕太の顔が泣き出しそうに歪んだ。

まるで逃げるように鈴音の方にやってくる。

「嫌だ。帰りたくない！」

「耕太！」

店の客たちが、こちらを向くのがわかった。

彼は強引に耕太の手をつかむと、引きずるように店を出ようとした。鈴音はおろおろしながら、ふたりを見比べた。

「耕太くん、わたしがお母さんに連絡するから……待っててね」

なだめるためにそう言うと、梅森は眉間に皺を寄せた。

「なにを言っているんですか。あの女には耕太は渡しません」

それにしたって、今そんな言い方をしてなんになるのだろう。耕太を安心させてやる方が先ではないのだろうか。

彼はまたお辞儀をすると、無理矢理のように耕太を引きずって行ってしまった。

彼の泣く声がどんどん遠くなっていく。鈴音は椅子の上で身体を強ばらせていた。

耕太は鈴音に騙されたと思うだろうか。


自宅に帰り着いて、ドアを開ける。

部屋の中はしんと静まりかえっていた。こんな静かな家に帰るのはひさしぶりのような気がする。

もちろん、帰宅して耕太や水絵がいなかったことはあったはずだが、それでもそこには人の気配があった。待っていたら帰ってくるのと、誰も帰ってこないのとでは全然違う。

ひどく家の中が広く感じられて、鈴音はソファに腰を下ろした。

テレビをつけると、子供向けアニメが画面に映る。行く前まで、耕太にアニメを見せていたから、ケーブルテレビのアニメ専門チャンネルに合わせたままになっていたのだ。

なんとなく寂しくて、そのままにしてソファに沈み込む。

水絵の実家に連絡するのではなかったと、改めて思う。たとえ大変でも、キッズシッターでも雇って、耕太の面倒をしばらく見てもらえばよかった。その上で、一、二週間ほど経ってから連絡しても遅くはなかったのだ。

だが、それも今になってから言えることだ。

あのときは、水絵の身内に連絡が取れるかどうかわからなかった。もし、連絡が取れなかったときのことを考えれば、迅速に動くしかなかった。

そんなふうに、自分に言い訳をしてしまうことも苦しかった。

ずっと手に入れたいと思っていた日常が返ってきたのに、素直に喜べない。耕太の泣き声が耳の奥で響いているようだった。

梅森との会話を思い出す。

彼の言うことが本当なら、水絵は孤立無援だったことになる。

自分の母や姉も夫の側について、頼りにできるのは弁護士だけという状況だったはずだ。

結婚生活では妻が我慢をするのが当然だと考える人は、女性の側にもいる。

鈴音の経験では、自分が旧弊な価値観の中で苦労をしている人の中にも、その価値観をよしとする人は多い気がする。

養育費を受け取らない決断をしたのは、水絵の判断ミスだ。

だが、家庭裁判所のやりとりがストレスに満ちていて、少しでも早く終わらせたいと考えてしまったのだろう。

もとはパートナーだったふたりが、互いの非をあげつらいながらやり合うのだ。想像しただけでも胃のあたりがずんと重くなる。

もしくは、水絵はその過程で、なにか失敗してしまったのかもしれない。彼女が冷静とは言えない性格であることは、鈴音も痛いほどわかっている。

そして、誰の助けも得られないまま、耕太を連れて家を出た。

実家に帰れなかったのも、事情を知ってみれば当然だろう。

帰れば、耕太から引き離されるかもしれない。母も姉も夫の側についていた。

鈴音は深いためいきをついた。

――でも、どうしてわたしだったのよ。

こんなことに巻き込まれなければ、穏やかに日々を過ごしていられたのに。自分勝手だとは思いつつ、そんな恨み言すらつぶやきたくなる。

水絵は今、どこにいるのだろうか。まさか自殺などしていないだろうか。

そう思うと息が詰まる。鈴音はまた携帯電話を取り出した。

水絵の番号をプッシュして、電話を耳に当てる。

呼び出し音が聞こえてきて、はっとする。電源が切られていないのははじめてのことだ。

しばらく呼び出し音が続いたあと、電話が取られた。

思わず声を上げた。

「水絵、水絵なの？」

か細い声が電話の向こうから聞こえてくる。

「鈴音……？　ごめんね」

「今、どこにいるの？　なにしてるの？　なんで耕太くんを置いて……」

耕太の名を口にした瞬間、電話の向こうで嗚咽《おえつ》のような声が漏れた。

「耕太は？　耕太は元気なの？」

「元気だよ。でも、ごめんなさい。梅森さんが迎えにきたの。わたしが水絵の実家に連絡したから……」

水絵が息を呑むような気配がした。

思わず叫んでいた。

「ごめんね。でも、どうしていいのかわからなかったから……」

返事はなかった。次の瞬間、電話はぶつりと切れた。

慌てて、もう一度リダイヤルする。また呼び出し音が鳴ったが、電話は取られることはなかった。

ただ、電子音がずっと流れているだけだった。

その向こうで水絵の泣き声が聞こえるようで、鈴音は携帯電話を握りしめた。


「鈴音ちゃんは悪くないわよ」

オイスターバーのカウンターで並びながら、茉莉花ははっきりとそう言った。

「家にしばらく置いてあげて、仕事を見つけてあげて、息子をちゃんと身内に引き渡したじゃない。大人としては充分すぎるくらいよ」

どうしても気が塞ぐので、鈴音は茉莉花を呼び出して、話を聞いてもらうことにした。

「うん……」

そう言ってもらっても気が晴れないのは、最初から「茉莉花ならそう言ってくれる」ということがわかっていたからかもしれない。

わかっていたから茉莉花を呼び出して話を聞いてもらい、わかっていたから慰められないと思っている。自分もたいがいひねくれている。

だが、茉莉花がそうやってシンプルに整理してくれるのはありがたかった。

自分だけだと、どうしても水絵とのやりとりや、気持ちの行き違いのことばかり考えてしまう。いろんな感情が小さな棘《とげ》のように心に刺さっている。

ほかにどうしたらよかったのだろう、と考えるのはひどく難しい。

「でも、もう少し水絵を待てばよかった。さっき連絡がついたわけだし……」

耕太がまだ家にいると知ったら、水絵は戻ってきたかもしれない。

だが、茉莉花はきっぱりと言った。

「連絡がつかなかったかもしれないでしょ。『もっと預かっておいて』って言われたかもよ」

そう言われて反論できない。

「それに、それこそ、鈴音ちゃんの家にいるときに怪我をしたり、誘拐されたりしたらどうするのよ。話を聞いたら、その父親だって、息子を引き取りたがってたみたいじゃない。絶対に、鈴音ちゃんが責められたわよ。友達の子供を虐待したみたいに言われたかもよ」

「さすがにそんなことはないと思うけど……」

だが、梅森の独善的な言い分を思い出す。そこまでひどいとは思わないが、なにかあったとき、鈴音の事情を汲んでくれるとも思えない。

「だから、あんまり自分を責めるものじゃないわよ。だって、他人に対してできることなんて、どこかで線引きがあって当然でしょう。自分の息子ならともかく」

それはわかっている。だが、どこで線引きをすべきだったかが、どうしてもわからないのだ。

それとも、どこで線引きをしても後悔をするのだろうか。

茉莉花は頬杖をついた。

「人を助けるのってね。難しいわよ」

たしかに、それはひどく身にしみた。これまでひとりで生きてきた分、今回はじめて実感したと言ってもいい。

「でもさ、助けられるのも難しいわよね。うまく他人を頼るってことがさ」

「え？」

思わず尋ね返すと、茉莉花は続けた。

「今はいいけどさ、年を取って身体が衰えてしまったあとに、誰にも頼らずに生きていくことなんかできないじゃない」

「茉莉花は旦那がいるから、ひとりじゃないでしょ」

そう言うと、茉莉花は大げさに手を振った。

「一緒よ。今、結婚してたって、この先絶対に離婚しないとは限らないし、夫が病気で早く死んでしまうかもしれない。平均寿命は女の方が長いんだもの。順当に行けば、わたしが取り残されるって」

たしかに、茉莉花のことばは正しい。

「だから、気にすることないわよ。この先、こっちがだれかに頼らなきゃならなくなることもあるはずだけど、そうなっても際限なく頼れるとは思わないじゃない。どこかにリミットはあるのよ」

「そうね……」

そう言われて、やっと気持ちが楽になる。

茉莉花は鈴音の肩を叩いた。

「あと三十年くらいしたら、頼れる息子のいるその彼女の方が余裕があって、今度はこっちが困ってるかもしれないじゃない。そのときに、その彼女だって適当にしか協力はしてくれないわよ。そうでしょ？」

たしかに、それはずいぶん気持ちが楽になる考えだ。

鈴音の表情が和らいだことに気づいたのだろう。茉莉花は口許をほころばせた。

「それにしても、鈴音ちゃんはお人好しよね。わたしがその彼女でも、鈴音ちゃんに頼ろうと思うわよ」

「そんなことは……」

ないと答えようとしたときだった。

ふいに、記憶が甦ってくる。

コップに注いだ水があふれるようだった。

鮮明な記憶が甦ってきた。

ぶつぶつと等間隔で穴の開いた壁は、高校の音楽室だ。古い木の壁に空いた穴がまるで、病気の皮膚のように見えて、いつも気味が悪いと思っていた。

紺のブレザーとグレーのスカートを着た女の子たちが口論していた。鈴音も三年間着た制服だった。

中心に水絵がいた。白い肌とかすかに茶色がかった髪、今より頬も唇もふっくらとしている。

三人の女の子たちが、まるで水絵をつるし上げるように、彼女に詰め寄っていた。

「嘘つき！」

だれかの放った鋭い声が音楽室に響いた。

鈴音は、後ろのドアから音楽室に入ろうとしていたところだった。

たぶん、部活のはじまる前だろう。その光景に戸惑って足を止めた。

「しょうちゃんにちゃんと返しなよ！　あの子、お母さんにすごく怒られたって言ってたよ」

「そうだよ。ちゃんとわかってるんだからね！」

そう声を上げているのは、水絵と同じクラスの女の子たちだ。

離れたところから、一年生の後輩たちが不安そうな顔で、水絵たちを見守っている。

「私じゃないもの……」

水絵の声は消え入りそうに小さい。

「じゃあ、古澤さん以外のだれが盗ったのよ！」

「私が知るはずないじゃない……」

「嘘ついたって、ちゃんとわかるんだからね！」

なんの口論かはわからなかったけれど、その場の険悪さは、音楽室に入ったばかりの鈴音にもよくわかった。

思い出した。二年の秋だ。すでに三年の先輩たちは受験や就職活動などで部活にはこなくなっていた。

部長はその場にいなかった。一年生の怯《おび》えたような顔が、鈴音にはひどく気にかかってしまった。

思わず、水絵たちに近づいてしまった。

「ねえ、なんだかわからないけど、やめなよ……」

その場にいた四人の視線が鈴音に集まる。三人は責めるような目で、水絵だけがすがるような顔をしていた。

「わかってないなら黙っててよ」

ひとりの子にそう言われた。

「でも、こんなところで……」

「だって、この子、嘘ばかりつくんだよ！」

「……嘘じゃないもの」

泣きそうな声で水絵が言う。

「なにがあったのよ」

そう問いかけると、三人は顔を見合わせる。ひとりが口を開いた。

「クラスの子の財布がなくなったのよ」

「わたしじゃないって言ってるじゃない」

クラスの子ということは、ここの三人ではないということだ。それを、今ここで問い詰める必要はないと思った。

たとえ、それが本当だとしても、教師や親が判断すればいいのだ。だから、鈴音は言った。

「古澤さんはやってないって言ってるんだから、もうやめなよ」

そのあと、彼女たちにどんなことを言われたのかは覚えていない。ただ、お人好しだとか、人の言うことをすぐに信じるとか言われたような気がする。

たしかに、水絵のことは好きだったから、彼女をかばいたい気持ちがなかったわけではない。

だが、それよりもその場をおさめたい気持ちの方が強かった。やたらに正義感を振りかざす人が嫌いだったせいもある。

だが、そのとき、水絵はなにかを訴えるような顔で鈴音を見ていた。

彼女にとっては、頼りがいのある友人に見えたのかもしれない。

「どうしたの?」

茉莉花の声で、鈴音は我に返った。

「ううん、なんでもない」

鈴音は作り笑いのまま答えた。

部屋に帰り着いて、電気もつけずにソファに沈み込んだ。

自分が忘れていた理由はわかる。鈴音にとってはそれほど大きな出来事ではなかった。不快な思いはしたが、それを後まで引きずることはなかったし、あのとき注意した女の子たちとも、その後揉めることはなかった。

お嬢様学校というわけではなかったが、私立の女子高だったから、どこかのんびりした空気があり、派手な苛めや嫌がらせなども目にしたことはない。たぶん、ほかの学校だったら、水絵に対する風当たりももっと強く、さすがにのんびりしていた鈴音でもはっきり記憶していたかもしれない。

鈴音にとっては、記憶の中に紛れてしまう程度の出来事だった。嫌な気分になったので、早く忘れてしまいたかったということもある。

だが、水絵にとってはどうだろう。

あのとき、自分をかばった鈴音を味方だと思ったのか、それともよけいなお節介を焼くと思われたのか。わからないけれど、そこになんらかの感情が生まれているはずだ。

——だから、うちにやってきたの？

答えの出ない問いを自分の中で繰り返す。

水絵は、あのとき手を差し伸べた自分に、友情を感じていたのだろうか。だから、鈴音を頼ってきた。

鈴音はそんな事件のことなど、すっかり忘れきっていた。

自分が薄情だったとまでは思わない。もう二十年近く昔の出来事だ。

だが、それを考えると、彼女と自分との間にあった違和感やズレが理解できるような気がした。

もしかすると、水絵は記憶の中で、鈴音という昔の友人に勝手に、デコレーションを施してしまったのかもしれない。

だが、現実に再会した鈴音は、どこか冷淡で、水絵との再会を喜びさえしなかったとしたら。

記憶の中で勝手に創り上げた鈴音と、現実の鈴音との違いに、水絵は戸惑ってしまっただろう。

事件のことを覚えていたとしても、自分が水絵にもっと優しくしたとは思えない。だが、違和感の理由にはすぐに思い当たっただろう。

また携帯電話を手に取る。着信履歴から、水絵の番号を呼び出し、コールしてみる。

呼び出し音のあと、電話は取られた。

「水絵?」

電話を握りしめて、名前を呼ぶ。電話の向こうで息づかいだけが聞こえた。

「耕太くんのことは本当にごめんね」

かすれた声が返ってくる。泣いていたのかもしれない。

「それは仕方ないわ……私が悪いんだもの。でも、もう自信がなかった」

「自信って？」

「……自分がちゃんとした母親かどうか……」

「……そんな！」

水絵は完璧な母親ではないのかもしれない。だが、耕太は彼女を慕っていた。彼の母は水絵しかいないのだ。

「私なんか、もういない方がいいと思ったの。本当にそうだったみたい」

「やめてよ！」

たしかに水絵が家にいることに違和感を覚えていたのは事実で、ぶつかりあったのも事実だ。だが、耕太にとって彼女が必要なことは間違いない。

「鈴音には迷惑かけてごめんね。感謝してる」

こんな状況でそんなことを言われても、返事に困る。

「もう、これ以上頼ることはないから安心して。本当にごめん」

「大丈夫なの？」

「ひとりだったらなんとでもなるわ」

そうだ。水絵は耕太がいたから、働く環境を選ぼうとしていたのだ。

思わず言った。

「ねえ、落ち着いたら、また連絡ちょうだい」

返ってきた答えはひどく冷ややかだった。

「なんのために？」

ぎゅっと電話を握りしめる。

そう。鈴音は自分の罪悪感を軽減するために、水絵との関係を繋ぎ止めようとしている。

たぶん、彼女の方が正しい。

もう元の場所には戻れないのだ。高校生のとき、彼女をかばった自分ではない。

「本当に感謝してるし、迷惑をかけたと思ってる。でも、ごめん」

「……そうね」

電話が切れる音がした。

鈴音はふうっと息を吐いた。だが、不思議とどこかが楽になっていた。

もっといいやり方があったのかもしれない。だけど、結局はこうなってしまったのだ。

今更遡ってやり直すことはできない。

顔を洗おうと、洗面所に向かう。鏡の前に立って、蛇口を捻《ひね》る。

プラスティックのコップの中に、二本の歯ブラシが置きっぱなしになっていた。

ピンクの長い大人用と、緑の小さな子供用。

水絵のものと、耕太のものだ。そのまま、ゴミ箱に投げ捨ててもいいはずのものなのに、鈴音はしばらく動けなかった。

もう乾いているのに、なぜか白いブラシがまだ湿っているような気がする。

それは生きた人間の存在感にそっくりだ。

第八章

エレベーターを降りた鈴音は、自然に足を止めた。

自分の部屋の前に、中学生か高校生くらいの男の子が立っていた。

思わず、降りる階を間違えたのかと思った。その年頃の男の子が、鈴音の部屋を訪ねることなどない。

だが、隣の部屋の前には見覚えのある足ふきマットが置いてあるし、表札に書かれている名前も隣人のものだ。

戸惑いながら立ちすくんでいると、男の子がぺこりと頭を下げた。

見たことがないはずなのに、どこか記憶に残っているような顔立ちだった。髪と目の色素が薄い。

誰かに似ている。そう思った瞬間に、彼が足を一歩踏み出した。

「ご無沙汰しています。覚えてらっしゃいますか？」

その瞬間、答えに思い当たった。

彼は名乗った。

「梅森耕太です」


十年が経っていた。

もちろん、鈴音にとっても短い期間ではなかった。卵巣嚢腫《のうしゅ》という病も経験した。

だが、耕太の変化はあまりにも大きかった。子供から大人への成長とはそういうものだと頭ではわかっていても、驚くことしかできない。

身長は鈴音よりももう高い。ひょろひょろとした頼りなさはあるが、あと何年かすると、肩や背中にも男性らしい筋肉がついてくるのだろうと思わせられる。

部屋に招き入れると、彼は眼を細めた。

「覚えてます。変わってませんね。この部屋」

テレビなどは新しいものに替えたが、ソファやコーヒーテーブルはそのままだ。

彼が笑顔を浮かべると、子供の頃の顔が重なって見えるようだ。

再会を懐かしく思いながらも、鈴音はどう話しかけていいのか戸惑うだけだった。

水絵との関係がどうなっているのか知らないままだから、彼女のことは聞けない。背丈は大人並みだと言っても、まだ難しい年頃だ。

「道順とか覚えてた？」

そう尋ねると、彼ははにかんだように笑った。

「たどり着けるかどうか、少し不安でしたけど」

そう言えば、新宿からひとりで帰ってきたことがあった。頭のいい子だった。

「ラーメン食べさせてもらったのも覚えてますよ」

たしかそんなこともあった。鈴音も自然に微笑んでいた。

「チャーハンもね」

紅茶を淹れて、彼の正面に腰を下ろす。

「今、どうしているの？」

「高校二年生です。父と母——父の再婚相手——と一緒に暮らしてます」

やはり、頭のいい子だと思った。漠然とした質問から、鈴音が聞きたかった答えを明確に弾き出す。

「うまくいってる？」

「父のことは正直、好きにはなれないですけど、母はいい人です。血の繋がりがないぼくでも可愛がってくれるし、真剣に向き合ってくれます」

それを聞いて、心の底からほっとする。

水絵と耕太のことは、ずっと棘のように心の奥底に引っかかっていた。自分ではどうすることもできない棘だった。

　思い切って聞いた。

「水絵とは？」

「あれから会ってません」

「そうなの……」

　彼は紅茶のカップを口に運んだ。

「真壁さんは母の居場所を知っていますか？」

　鈴音は首を横に振った。

「あれっきり会ってないわ」

　耕太は驚きもしなかった。静かに頷く。

「そうでしたか」

「どこにいるのかも知らないの？」

　耕太は返事をしなかった。カップをソーサーに戻す。

「母には余裕がなかったんだと思います。父から、真壁さんにお世話になっていたことを聞きました」

「大したことはしてないわ。二週間もいなかったわけだし」

「そうなんですね。もっと長いような気がしていました」

子供の頃の記憶というのはそんなものかもしれない。

彼はふっと息を吐いた。

「真壁さん、ぼくはまだ母を許せてないんです。会うと、ひどいことばを投げつけてしまいそうで、怖くなるんです」

「あなたを置いて出て行ったこと?」

「それもあります。真壁さんはどうですか?」

その質問は、鈴音にとってひどく唐突なものだった。

「わたし? わたしはなにも……」

「怒ってないんですか?」

怒るとか、恨んだりするほどのことではない。たしかに苛立ちも感じて、口論もしたが、それだけだ。通り過ぎてしまえば大したことではない。

なぜか、耕太は驚いた顔をした。そして言う。

「母はなにも盗んでいきませんでしたか?」

「え?」

意外な単語を聞いて、目を見開く。

「盗むって……?」

「真壁さんのところ以外に、世話になった場所では、母はいつもなにかを盗んでいきました。

居候をしていれば、どうしても隙が出ます。ぼくは、何度も母が家捜しをして預金通帳や印鑑を見つけ出すところを見ました。宝石やバッグだったりすることもありました。母に手を引かれて、リサイクルショップに一緒に売りに行った」

鈴音はしばらく返事ができなかった。

「全部、少し時間が経ってからわかりました。真壁さんのところもそうだと思っていた」

「うちはなにも……。通帳も印鑑も仕事部屋の方に置いてたし……」

耕太は首を横に振った。

「母と一緒に、ぼくはあなたの仕事場を訪ねました。たぶん鍵を持ち出したんだと思います。あなたが具合が悪くて、こっちの部屋で寝ていた日です」

鈴音は息を呑む。たしかにそんな日が一日あった。

邪推すればなにかを飲まされたのかもしれない。水絵の食事を食べたこともあったし、あんな頭痛はあれっきりだった。

「母は、あなたの仕事場でずっと石のように固まって座っていました。それははっきり覚えています」

「待って」

だが、間違いないことがある。印鑑も通帳もなくなったわけではなかったし、不審な引き出しもなかった。そこまで自分はぼうっとしていない。

なにも盗まれていない。水絵がいなくなったあと、なにかがなくなったと思ったことはない。

そう言うと、彼は小さく口を開いた。

「じゃあ……なにも盗《と》らなかったんだ……」

彼の記憶が間違っていなかったとしても、水絵はなにも盗んでいない。それはちゃんと断言できる。

もし、仕事場の鍵をこっそり持ち出すことができたら、鈴音の通帳や印鑑も盗めたはずだ。

だが、彼女は結局なにもしなかったのだ。

それはあの、高校のときの事件のせいだろうか。それとも、ほかの理由があったのか。

耕太は全身から力を抜いて、ソファに沈み込んだ。

「不思議ですね。母が、あなたからなにも盗まなかったと聞いて、ほっとしている自分がいる」

「嘘でもないし、勘違いでもないわ」

だからといって、水絵の罪が軽くなるわけではないだろう。だが、耕太は目を閉じて、なにかを嚙みしめていた。

水絵が盗んだものは、梅森が弁償したと耕太は話した。少なくとも、慰謝料のようなものは、彼からもぎ取ることができたということだ。

耕太はソファから立ち上がると、どこか晴れやかな顔で言った。

「実は、母の居処がわかったんです。連絡を取るべきか迷っていましたが、会うだけは会ってみようかと思います」

「そう……」

少なくとも、それは水絵にとっての救いになるのではないかと思う。耕太は強くまっすぐに育っている。

水絵になにか伝言を頼もうかとも思ったが、結局、思い浮かんだことばはどれもしっくりこなくてやめた。

耕太はぺこりとお辞儀をすると、エレベーターホールへと向かっていった。

その背中が消えてしまっても、鈴音はしばらくドアを閉めることができなかった。

この作品は「ポンツーン」(二〇一〇年七月号〜二〇一一年八月号)
の連載に加筆、修正したものです。

近藤史恵

一九六九年大阪府生まれ。大阪芸術大学文芸学科卒業。九三年『凍える島』で鮎川哲也賞を受賞しデビュー。二〇〇八年『サクリファイス』で大藪春彦賞を受賞。主な作品に『モップの精は深夜に現れる』『タルト・タタンの夢』『寒椿ゆれる——猿若町捕物帳』『エデン』『サヴァイヴ』『ホテル・ピーベリー』『ダークルーム』『シフォン・リボン・シフォン』ほか多数。

はぶらし

2012年9月25日　第1刷発行

著　者　　近藤史恵
発行者　　見城 徹
発行所　　株式会社 幻冬舎
〒151-0051 東京都渋谷区千駄ヶ谷4-9-7
電話　03（5411）6211（編集）
03（5411）6222（営業）
振替 00120-8-767643
印刷・製本所　図書印刷株式会社

検印廃止

ISBN978-4-344-02241-6　C0093

幻冬舎ホームページアドレス　http://www.gentosha.co.jp/

この本に関するご意見・ご感想をメールでお寄せいただく場合は、
comment@gentosha.co.jp まで。